25 Cent – Was kostet ein Leben?

NIKA LUBITSCH

25 CENT

Was kostet ein Leben?

Thriller

PAHLBERG

Nika Lubitsch

www.nikalubitsch.de

www.facebook.com/NikaLubitsch

Lizenzausgabe des Pahlberg Verlags, ein Imprint des Belle Époque Verlags, Inh. G. Pahlberg, Wiesenstr. 7, 72135 Dettenhausen, mit freundlicher Genehmigung der Autorin.

Lektorat: Regine Weisbrod, *www.lektorat-weisbrod.de*
Korrektorat: Corinna Rindlisbacher, *www.ebokks.de*
Innenlayout und Schriftsatz: Hans-Jürgen Maurer
Coverdesign: Catrin Sommer, www.rauschgold.com
Coverfoto: Shutterstock 518723947, 2061541076

Herstellung: Custom Printing, Wał Miedzeszyński 217/1, 04-987 Warszawa, Polen

ISBN: 978-3-98845-037-1

Grunewald

„Momo, hierher!" Ulrikes Stimme hallte durch den sich gerade lichtenden Morgennebel im Berliner Grunewald. Sie war dabei, ihre Dänische Dogge zu erziehen, was die junge Hündin allerdings immer noch nicht richtig ernst nahm. Ulrike war mit ihr in den Wald gefahren, um sie an das Laufen ohne Leine zu gewöhnen. Der Wald rund um den Grunewaldsee war ein beliebtes Auslaufgebiet für Hunde, es gab sogar einen eigens für Vierbeiner reservierten Badestrand, an dem sich allmorgendlich viele Hunde und ihre Besitzer zum beliebten Stöckchenspiel trafen. Bis jetzt war Momo immer mit der Schleppleine unterwegs gewesen, aber heute hatte Ulrike Momo zum ersten Mal von der Leine gelassen.

Die erstaunlich schnell zu einer beachtlichen Größe herangewachsene Momo hatte einen Satz gemacht und sofort den Spazierweg, der rund um den See führte, verlassen und war den Hügel hinauf mitten hinein in den Wald gerannt.

„Momo, hierher!", schrie Ulrike erneut und folgte ihrer Hündin durch das modrig riechende, feuchte Laub, das den Erdboden bedeckte.

„Momo, stopp! Momo, sitz!", befahl sie, doch die grauglänzende Hündin dachte gar nicht daran, ihren Befehlen Folge zu leisten. Ulrike stürmte durch das vom Morgentau noch nasse Unterholz und fluchte leise.

Doch dann hörte sie, wie Momos fröhliches Bellen in ein beängstigendes Winseln überging. Was war passiert? Hatte das Hundekind sich etwa verletzt?

Ulrike fegte den Zweig eines Knallerbsenstrauchs beiseite, der ihr fast ins Gesicht geklatscht wäre. Dann sah sie die Beine: Die blankgeputzten, braunen Schuhe baumelten direkt vor Momos Nase, die sich anklagend winselnd unter dem Mann niedergelassen hatte und auf Ulrike wartete. *Mach das weg, der gehört da doch nicht hin, oder?*, schien der Blick ihrer Hündin zu sagen. Fassungslos schaute Ulrike in die herausquellenden Augen eines Mannes, der an einem Ast der knorrigen Eiche hing, die im Gegensatz zu den meisten Bäumen noch braunes Laub trug. Um den Hals trug der Mann ein dickes Sisalseil, mit dem er sich offensichtlich selbst ins Jenseits befördert hatte. Dafür sprach jedenfalls die Holzkiste, die umgedreht am Baumstamm lehnte. Der Mann war gut gekleidet, teuer, wie Ulrike unterbewusst feststellte, jedenfalls sah sein kamelhaarfarbener Mantel nach feinstem Kaschmir aus.

„Momo, hierher!", befahl Ulrike und zeigte dem Hund die Leine. Nur widerwillig verabschiedete sich die junge Hündin von den vor ihrer Nase hängenden Schuhen und ließ sich von Ulrike anleinen.

Aus ihrer Manteltasche zog Ulrike ihr Funktelefon, klappte es auf und wählte 110.

Anna – Zwanzig Jahre später

Anna saß im *Lubitsch* und nippte an ihrem dritten Glas Wasser. Der Brotkorb auf ihrem Tisch war bereits leer. Beim Warten auf ihre Mutter hatte Anna das Brot zerpflückt und zu Kügelchen geformt, die sie sich Stück für Stück in den Mund gestopft hatte. Immer wieder warf sie einen Blick auf ihre Armbanduhr.

Wo blieb Mama? Die beiden waren in ihrem Stammlokal in der Berliner Bleibtreustraße zum Essen verabredet gewesen. Und zwar vor eineinhalb Stunden!

Anna hatte ihrer Mutter mehrmals die Voicemail vollgequatscht, aber sie reagierte darauf ebenso wenig wie auf die diversen WhatsApp-Nachrichten, die Anna ihr in den vergangenen eineinhalb Stunden geschickt hatte.

Das sah ihrer Mutter gar nicht ähnlich, nie hätte sie eine Verabredung versäumt, ohne abzusagen. Auch dass sie nicht ans Telefon ging, war so gar nicht die Art ihrer Mutter, die ohne ihr Handy nicht mal die Toilette aufsuchte und selbst, wenn sie sich irgendwo trafen, alle paar Minuten dezent ihre Nachrichten checkte.

Um halb neun reichte es Anna. Sie bezahlte die Flasche Wasser, entschuldigte sich wegen des Brotes und der Krümel, die sie auf der weißen Tischdecke weiträumig verstreut hatte, und hastete mit einem mulmigen Gefühl in der Magengegend die paar hundert Meter zur Wohnung ihrer Mutter in der Mommsenstraße.

Der Schlüssel hing noch immer an ihrem Schlüsselbund. Anna hatte ihre ganze Jugend in der Beletage des gelben Jugendstilhauses verbracht.

Ob Mama etwas zugestoßen war? Nachdem sie zur Sicherheit Sturm geklingelt hatte, schloss sie mit heftig klopfendem Herzen die schwere Haustür auf. Sie befürchtete, Mama auf der Erde liegend vorzufinden, ohnmächtig oder gar Schlimmeres.

Die Angst raubte ihr fast den Atem, schnell stieg sie die mit einem roten Sisalläufer ausgelegte Treppe zur ersten Etage empor.

Als sie vor der Wohnungstür stand, holte sie tief Luft. Es fühlte sich fast an wie damals, als sie nichtsahnend nach Hause gekommen war und ihren geliebten Hund im Wohnzimmer gefunden hatte. Jemand hatte dem Labradoodle die Kehle durchgeschnitten. Im Flur hatte es ausgesehen wie in einem Schlachthaus. Der Geruch, das Blut, das das arme Tier bei seinem Todeskampf verloren hatte, die leblosen Augen, die sie vorwurfsvoll von dem Sofa aus anstarrten, zu dem der Hund sich geschleppt hatte, verfolgten Anna bis heute in ihren Albträumen.

Ihre Mutter war nach ihr nach Hause gekommen,

da war bereits die Polizei eingetroffen, die Anna hysterisch gerufen hatte. Ihre Mutter hatte sehr viel cooler reagiert als Anna, aber das war wohl der Gegenwart der Polizisten geschuldet, die Staatsanwältin durfte sich hysterische Ausbrüche auch nicht im Angesicht ihres ermordeten Hundes erlauben.

„Das war wohl eine Warnung", hatte einer der Polizisten gesagt. Die Ermittlungen nach dem Täter hatten ins Leere geführt, obwohl ihre Mutter ganz offensichtlich einen Verdacht hegte, wer für diese Tat infrage kam. Aber selbst Anna hatte sie nicht verraten, wen sie verdächtigte, ihre Mutter hielt ihre beruflichen Angelegenheiten sorgfältig für sich.

Was würde sie jetzt vorfinden?, fragte sich Anna. Mit zitternden Händen führte sie den Schlüssel in das Schloss.

Die Wohnung war weder abgeschlossen, noch steckte ein Schlüssel von innen. Auch die Kette war nicht vorgelegt, wie ihre Mutter es immer tat, wenn sie allein zu Hause war.

Nachdem man ihren Hund in dieser Wohnung regelrecht abgeschlachtet hatte, hatte Annas Mutter mehrere Sicherheitsschlösser und eine Alarmanlage installieren lassen. Aber die Alarmanlage war nicht angeschaltet. Langsam öffnete Anna die Wohnungstür.

Lena – Rom

Ach, wie Lena Rom liebte! Zum Abschied ihres Wochenendtrips ging es noch einmal zum Trevi-Brunnen. Wie Millionen Touristen aus der ganzen Welt wollte sie Münzen hineinwerfen, obwohl sie an diesem Sonntag lieber darin gebadet hätte, wie einst Anita Ekberg in Fellinis *La Dolce Vita*. Die Legende besagte, wer eine Münze in den Brunnen werfe, der komme immer wieder nach Rom zurück, nach zwei Münzen werde man sich in einen hübschen Italiener verlieben, und drei Münzen versprachen eine baldige Hochzeit mit eben diesem. Gegen einen hübschen Italiener hatte Lena nichts einzuwenden.

Es war heiß, eigentlich viel zu heiß, um durch die staubigen Straßen dieser uralten Stadt zu laufen. Ihr Flieger ging erst am späten Nachmittag, sie hatte also Zeit genug.

Three Coins in the Fountain, Frank Sinatras Lied aus dem gleichnamigen Film hatte sich ihr wie ein Wurm ins Ohr gebohrt, und so stand sie in der glühenden Mittagssonne vor dem antiken Brunnen und wollte in ihrer Handtasche nach Kleingeld suchen.

Sie fühlte die fremde Hand in ihrer Tasche. Schrie

sie? Wollte sie die Hand festhalten? Sie hätte es danach nicht zu sagen vermocht, es ging alles so schnell, es gab ein Handgemenge, sie fühlte einen dumpfen Schlag auf den Kopf, und das war das Letzte, woran sie sich erinnerte, bevor sie die Besinnung verlor.

Als sie zu sich kam, lag sie auf kühlem Marmor, über sie gebeugt besorgte Gesichter fremder Menschen, die in verschiedenen Sprachen durcheinanderredeten. Lena verstand kein Wort. Aber die Polizei war da, jedenfalls hielt sie den Mann in dem hellblauen Hemd aufgrund seiner Schirmmütze für einen Polizisten.

„Come stai" oder so ähnlich, sagte der Mann, es klang wie eine Frage.

Lena wollte sich aufrichten, doch ein barbarischer Schmerz im Kopf ließ sie zurück auf den angenehm kühlen Marmor sinken. Sie sah, wie der Polizist etwas in ein Walkie-Talkie sprach, die Kakophonie der durcheinanderredenden Menschen mischte sich mit dem Geplätscher des Brunnens und dem lauten Brummen in ihren Ohren, sie schloss die Augen, denn die unbarmherzige römische Sonne blendete sie. Ihre Sonnenbrille war wohl heruntergefallen.

Meine Handtasche, schoss es ihr durch den Kopf, sie versuchte, den Gurt an ihrem Körper zu orten. Lena war keine dieser dummen Touristinnen, die die Handtasche seitlich oder gar als Rucksack auf dem Rücken trugen, nein, sie hatte sich ihre Handtasche quer über die Schulter direkt vor den Bauch gezogen.

Vor den Bauch? Lena tastete an ihrem Körper entlang – keine Handtasche. Was war geschehen?

„Meine Handtasche, wo ist meine Handtasche?", fragte sie auf Deutsch und versuchte sich erneut aufzurichten. „Und mein Handy!"

Ein dunkelhaariger junger Mann in einem blassgrünen T-Shirt half ihr, sich aufzurichten. Er sagte etwas auf Italienisch zu dem Polizisten, Lena verstand nur das Wort „tedesca", was, wie sie wusste, hieß, dass sie Deutsche sei.

„Kannst du aufstehen?", übersetzte der junge Mann die Frage des Polizisten.

„Ich, ich weiß nicht", gab Lena zu. „Meine Handtasche, meine Handtasche ist weg."

„Qualcuno le ha rubato la borsa", sagte der junge Mann zu dem Polizisten. Von dem nachfolgenden Redeschwall verstand Lena nicht ein Wort, der Polizist nahm seine Mütze ab und rieb sich mit einem weißen Taschentuch den Schweiß von der Stirn.

„Ich habe es gesehen", sagte eine ältere Frau auf Deutsch, „der Kerl hat sie umgestoßen und ihr die Handtasche vom Leib gerissen."

Der junge Mann übersetzte für den Polizisten, der in ein Notizbuch kritzelte.

Das Brummen in Lenas Ohren wurde lauter, sie spürte, wie Speichel sich in ihrem Mund sammelte. Sie beugte sich nach vorn und übergab das Hotelfrühstück den römischen Pflastersteinen.

„Iiiihhh", schrie ein Kind.

„She must have had a concussion", sagte jemand auf Englisch. Lena war so elend zumute, dass sie die Bedeutung nicht verstand.

„Der Polizist hat bereits einen Krankenwagen gerufen", sagte der Mann in dem blassgrünen T-Shirt.

„Sie ist mit dem Kopf auf den Betonpfahl geknallt", hörte sie die Stimme der älteren Frau, die sich vorab als Zeugin geoutet hatte.

Der Polizist sagte etwas in seiner Muttersprache.

„Kannst du dich ausweisen?", übersetzte der junge Mann.

„Nein", sagte Lena verzweifelt. Denn in diesem Moment wurde ihr das ganze Ausmaß des Vorfalls bewusst: Ihr Ausweis, ihr Geld, ihre Kreditkarten, ihr Führerschein, das Rückflugticket und vor allem ihr Handy waren in der Handtasche. Sie hatte mit dem Smartphone Fotos gemacht und es in ihre Handtasche fallen lassen, um ein paar Münzen herauszusuchen.

„Du musst eine Anzeige aufgeben, damit du einen neuen Ausweis bekommst", erklärte ihr der hilfsbereite Mann im T-Shirt. „Wie heißt du?", fragte er für den Polizisten.

„Lena. Lena Breitenbach."

„Wo kommst du her?"

„Aus Berlin."

„Und dein Geburtsdatum?", fragte der Mann.

Lena sagte es ihm.

Er rechnete nach. „Fünfundzwanzig?"

„Ja."

„Ich auch", sagte er lächelnd, nachdem er für den Polizisten übersetzt hatte. „Ich bin Luca. Luca aus München."

„Danke, dass du dolmetschst."

„Hast du den Dieb gesehen?", fragte Luca.

„Nein, ich … ich weiß nicht."

„Deine Handynummer, für die Polizei", fragte Luca.

„Ich – äh." Lena stellte mit Entsetzen fest, dass sie die vergessen hatte. Ihre eigene Handynummer! Sie sagte es ihm. Luca nickte.

„Wie sah deine Handtasche aus, kannst du sie beschreiben?", fragte Luca übersetzend. Lena schaute den Polizisten an, er schien nicht sehr motiviert zu sein, all das aufzuschreiben. Wahrscheinlich sagte er sich: sinnlos.

„Sie war hellbraun", sagte Lena. „Aus Leder."

In dem Moment hörte sie den Krankenwagen. Ihr war viel zu elend zum Protestieren, sie ließ sich willenlos von den Sanitätern mit einem Rollstuhl in den Krankenwagen schieben, denn ihre Beine versagten ihr den Dienst.

„Ciao, Luca", sagte sie zu ihrem Helfer.

„Ciao, Lena", sagte er und begleitete sie zusammen mit dem Mann im hellblauen Hemd bis zum Krankenwagen. Der Polizist drückte ihr einen Zettel in die Hand. Lena schaute ihren wohltätigen Helfer fragend an.

„Die Verlustanzeige", erklärte er, „die wirst du im Krankenhaus brauchen und in der Botschaft."

Erst im Krankenwagen merkte sie, dass sie am Kopf blutete. Die Sanitäterin legte ihr einen Druckverband an, um die Blutung zu stillen.

Anna – Mommsenstraße

„Mama?", rief Anna in die Dunkelheit. Es roch ein wenig abgestanden in dem langen Flur, der tagsüber nur durch die Oberlichter in den Türen und durch ein großes Sprossenfenster, das zum Lichthof hinausging, erleuchtet wurde. Da es draußen bereits dunkel war, gaben die Straßenlampen und die erleuchteten Fenster und Geschäfte nur wenig Licht, Anna fasste nach dem Lichtschalter links vom Fenster und schaltete das Deckenlicht ein.

Der Flur lag verwaist da, sie schaute in die Garderobe in der Nische neben der Gästetoilette, wo ihre Mutter immer ihre Handtasche aufbewahrte. Auf der kleinen Kommode stand keine Handtasche. Das beruhigte sie ein wenig, denn es hieß, dass ihre Mutter nicht zu Hause war, sie brauchte also keine Angst zu haben, sie irgendwo auf dem Boden liegend zu finden.

Trotzdem rief sie in die Stille der Wohnung: „Mama!"

Erwartungsgemäß gab es keine Antwort und kein Lebenszeichen. Aber wieso hatte Mama nicht die Alarmanlage angeschaltet?

Anna öffnete die Tür rechts vom Eingang, wo einst ihr Zimmer gewesen war, das ihre Mutter inzwischen zum Gästezimmer umgewandelt hatte. Das Zimmer war ebenso leer wie das angrenzende Zimmer, das bei ihnen als „Rauchzimmer" firmierte. Es war offen zu dem langgezogenen Wohnzimmer hin, wo der Sekretär ihrer Mutter in der Ecke stand. Mama hatte den alten Mahagoni-Sekretär von ihrer Großmutter geerbt. Auf dem Biedermeier-Schrank hatte sie ihren Laptop platziert, und in den Schubladen unter dem Schreibfach lagen die Familienunterlagen mit den Versicherungsverträgen, die sie ab und an hervorholte.

Annas Mutter liebte es, im Wohnzimmer zu arbeiten, obwohl sie genügend Platz in der riesigen Altbauwohnung für ein eigenes Arbeitszimmer gehabt hätte. Aber der Platz im Wohnzimmer erlaubte ihr, während der Arbeit den Fernseher laufen zu lassen oder sich mit Anna zu unterhalten, als diese noch zu Hause gewohnt hatte. Oder ihre Mutter trug die Akte, die sie gerade las, hinüber zu dem grauen Sofa, breitete dort ihre Unterlagen aus und machte es sich damit gemütlich.

Akten ihrer aktuellen Fälle, die sie oft abends mit nach Hause brachte, befanden sich auf dem geöffneten Schreibfach, und auch oben auf dem Sekretär stapelten sich die Aktendeckel. Normalerweise. Aber an diesem Mittwoch war nichts mehr normal.

„Ach du Scheiße", entfuhr es Anna, als sie ins Wohnzimmer trat. Der Boden des Zimmers war bedeckt mit Papieren, nicht nur der Sekretär war offenbar ausgeräumt worden, auch die von einer Wand zur anderen bis an die Stuckdecke reichenden Bücherregale waren durchsucht und die Bücher auf den Boden geworfen worden. Im angrenzenden Berliner Zimmer, das als Speisezimmer diente und das durch eine breite Schiebetür mit dem Wohnzimmer verbunden war, waren die Schubladen des Sideboards umgedreht und ausgeleert, das riesige Gemälde von Max Mahlow *Fünf Kontinente*, das sonst die Stirnwand bedeckte, lehnte gegen den Esstisch.

Anna rannte durch das Berliner Zimmer in den hinteren Flur, der auch in das Schlafzimmer ihrer Mutter führte. Zu ihrer großen Erleichterung war es leer, obwohl auch hier Kommode und kleiner Schrank ausgeräumt waren, die Matratze lag umgedreht auf der Bettkante. Das schwarze Marmorbad war ebenfalls leer. Als Anna den Kopf in das angrenzende Ankleidezimmer steckte, hörte sie ein Geräusch.

San Giovanni Addolorata

Krankenhausflure sind auf der ganzen Welt wohl gleich deprimierend. Lena lag auf einer fahrbaren Liege, die so schmal war, dass sie sich weder nach rechts noch nach links bewegen konnte, ohne Gefahr zu laufen, hinunterzupurzeln.

Kurz nachdem sie eingeliefert worden war, hatte ihr jemand den Druckverband vom Hinterkopf gezogen, die Wunde gereinigt und erneut verpflastert, sie musste wohl nicht genäht werden. Auf ihre auf Englisch gestellte Frage, ob sie dann gehen könne, erhielt sie nur ein Achselzucken. Und so lag sie auf diesem Flur und wusste nicht, was mit ihr geschehen würde.

Auf dem Gang ging es zu wie in einem Taubenschlag, einem italienischen Taubenschlag, fügte sie in Gedanken hinzu, denn die Menschen hier kamen ihr ein wenig lauter und extrovertierter vor als in Deutschland, sie schienen alle durcheinanderzureden.

Immer wieder sah sie auf ihre Uhr. Entweder die gab gerade ihren Geist auf, oder die Zeit in diesem römischen Hospital stand fast still. Lena war kotzübel, und ihr Kopf schmerzte, als hätte ihn jemand mit dem Vorschlaghammer bearbeitet.

Das Schlimmste aber war, dass sie ganz offensichtlich ignoriert wurde. Sie hatte sich bereits vor Stunden von dem Gedanken verabschiedet, doch noch mit dem Flieger nach Hause kommen zu können. Bestimmt war sie auf dem Flug eingebucht, hatte sie zunächst gehofft, so dass sie weder einen Ausweis brauchte noch eine Kreditkarte. Um den Ausweis und die Kreditkarten könnte sie sich dann zu Hause kümmern. Ihr Eurowings-Flug würde um sechzehn Uhr zehn vom Flughafen Leonardo da Vinci abgehen. Sie hatte zwar keine Ahnung, wie sie ohne Geld und Kreditkarten nach Fiumicino gelangen sollte, im Zweifelsfall, hatte sie sich gesagt, würde sie die Polizei bitten, sie hinzufahren.

Aber obwohl sich die Zeiger im Schneckentempo zu bewegen schienen, war es bereits nach fünfzehn Uhr, als all ihre Hoffnung schwand. Als man sie eingeliefert hatte, war sie natürlich nach ihrer Krankenversicherung gefragt worden oder nach einer Kreditkarte. So viel hatte sie jedenfalls den grausamen, aber lieb gemeinten Englischbemühungen der Mitarbeiterin in der Notaufnahme entnommen. Das Einzige, was sie vorzeigen konnte, war dieser Zettel mit der Anzeige.

Der letzte Satz ihres Helfers Luca schwirrte in ihrem lädierten Gehirn herum. „Die wirst du brauchen im Krankenhaus und in der Botschaft."

Lena würde also zur Botschaft müssen, um einen neuen Ausweis zu bekommen. Aber wie sollte sie dahin kommen, sie hatte nicht einen Cent Bargeld, keine

Kreditkarten, nichts. Und ihr Gepäck musste sie auch aus dem Hotel holen. Wenn sie wenigstens ihr Handy hätte, dann könnte sie telefonieren, dass ihr ihre Mutter Geld überweisen konnte.

Lena fühlte sich so hilflos wie nie zuvor in ihrem Leben, wäre ihr nicht so gottserbärmlich schlecht gewesen und hätte ihr Schädel nicht gewummert wie ein schlecht eingestellter Lautsprecher, hätte sie vielleicht geheult. Nicht, dass sie öfter heulen würde, aber wenn sie mal heulte, schien sie hinterher klarer zu sehen.

Weiß gekleidete Menschen rannten an ihr vorbei, andere Liegen wurden an ihr vorbeigeschoben, der Mann auf der Liege vor ihrer schrie etwas auf Italienisch, vielleicht beschwerte er sich, weil auch er ignoriert wurde, es schien also nicht an ihren mangelnden Italienischkenntnissen zu liegen, sondern daran, dass diese Notaufnahme heillos unterbesetzt und überfüllt war.

Obwohl ihr übel war, hatte sie so was wie Hunger, aber vor allem hatte sie Durst. Als sie eine Schwester vorbeilaufen sah, versuchte sie es auf Englisch: „Excuse me", sagte sie, doch dann war die Frau auch schon vorbei, ohne Lena registriert zu haben. Nicht anders ging es ihr mit dem dicken Pfleger, den sie mit „Hello, can you help me please" versuchte, heranzulocken. Am liebsten hätte sie laut geschrien, aber davon hielt sie ihre gute Erziehung ab.

Es war kurz vor halb sechs Uhr abends, als sie endlich in einen anderen Bereich geschoben wurde, der nur mit Vorhängen abgetrennt war. Ein weiß gekleideter, etwas genervt aussehender Mann trat auf sie zu und fragte etwas auf Italienisch.

„Tedesco", sagte Lena das einzige italienische Wort, das sie außer grazie, ciao und arrivederci kannte. Nee, stimmt nicht. Prego konnte sie auch noch. Und quanto costa. Also das typisch deutsche Italienischvokabular.

„Okay", sagte er, „do you speak English?"

Zumindest ihre Englischkenntnisse hatten unter dem Sturz nicht gelitten, und so erzählte sie ihm, was ihr passiert war. Er hörte ihr stumm zu, fragte nach ihrem Namen, nach ihrem Geburtsdatum, maß ihren Blutdruck und schaute ihr mit seiner Taschenlampe in die Pupillen. Sie musste beide Arme heben, er pikste ihr in die Beine und meinte dann, es sollten auf jeden Fall X-Rays gemacht werden.

Lena nickte stumm, denn sie hatte keine Ahnung, was X-Rays waren, aber er würde schon wissen, was zu tun war. Der Mann in Weiß, der bestimmt nicht viel älter war als sie, ging, und wieder lag sie da und starrte die weiße Decke von San Giovanni Addolorata an.

Eine Krankenschwester kam und zapfte ihr Blut ab.

Nach einer weiteren Stunde wurde sie aus dem Gefängnis befreit, eine kleine Frau mit karottenroten Haaren zog die Liege zwischen den Gardinen hervor und rangierte sie um zehn Ecken, bevor sie sie im Sauseschritt durch einen endlos scheinenden Gang schob und in den Fahrstuhl bugsierte, der sie hinab in Don Giovannis Katakomben brachte. Das Symbol auf der Tür, vor der sie geparkt wurde, sagte ihr, was X-Rays bedeuteten: Lena war in der Röntgenabteilung gelandet.

Inzwischen war sie so unterzuckert und halb verdurstet, dass sie sich gottergeben in ihr Schicksal fügte, zu schwach für einen vernünftigen Gedanken.

Zurück in der Gardinenabteilung kam der junge Doktor und schaute ihr wieder in die Pupillen, fragte sie erneut nach ihrem Namen und ihrem Geburtsdatum. Hatte der Alzheimer, oder was?

„Das haben Sie mich doch schon vor ein paar Stunden gefragt", sagte sie. Der Doktor lächelte.

Nachdem er die Röntgenbilder gesehen hatte, teilte er ihr mit Hilfe des Google-Übersetzers mit, dass sie ein Schädel-Hirn-Trauma habe und sie jetzt weitere Untersuchungen machen müssten, um innere Blutungen und so weiter auszuschließen. Und wieder war sie im Keller von Don Giovanni gelandet, diesmal bei einem CT.

Es war bereits lange nach zwanzig Uhr, als sie endlich in ein Sechsbettzimmer geschoben wurde. Onkel Doktor hatte ihr kurzangebunden mitgeteilt, dass sie im Krankenhaus bleiben müsse.

Inzwischen war ihr alles egal, Hauptsache, sie bekam bald etwas zu essen und vor allem zu trinken. Mit Trinken konnte man ihr dienen, das Abendessen aber war längst vorbei. *Na danke*, dachte sie.

Im Nebenbett lag eine uralte Frau, die vor sich hin-
brabbelte, der Fernseher lief in einer Lautstärke, die
man in Deutschland als Lärmbelästigung bezeichnen
würde, und sie zog sich die Decke über den schmer-
zenden Kopf.

Annas Mutter

Was war das für ein Geräusch? Es klang wie ein unterdrücktes Glucksen. Anna verließ das Ankleidezimmer, wo die Blusen und Kleider ihrer Mutter zur Seite geschoben waren, ihre Unterwäsche auf dem Boden zerstreut und ihre Schmuckkassette ausgeleert auf dem Fensterbrett lag. Da war doch was? Anna hielt den Atem an.

Wieder hörte sie dieses merkwürdige Geräusch. Sie schlich aus dem Ankleidezimmer zurück ins Bad und lugte durch die geöffnete Tür in den Flur. An der Stirnseite des Flures stand die Tür zur Küche sperrangelweit offen. Das Geräusch war eindeutig aus der Küche gekommen, aber vom Bad aus war nichts zu sehen.

„Mama?", rief Anna hinein in die Dunkelheit, denn sie hatte im hinteren Flur kein Licht gemacht, die Küche lag im Halbdunkel, durch das Fenster zum Lichthof drang nur der schwache Schein der Hoflaternen.

Anna schlich leise durch den Flur Richtung Küche. Sie konnte sich hier in der Dunkelheit gut orientieren, wie oft war sie hier nachts, ohne Licht zu machen, langgeschlichen, wenn sie mal wieder viel zu spät von einer Party nach Hause gekommen war und ihre Mut-

26

ter nicht wecken wollte. Was ihr zugegebenerweise niemals gelang, aber das war lange her, vergeben und vergessen. Sie tastete nach dem Lichtschalter auf der rechten Seite. Mit einem Flackern ging die Neonleuchte in der Küche an.

„Mama!"

Ihre Mutter saß in merkwürdig verdrehter Haltung auf einem der weißen Küchenstühle.

Anna stieß mit dem linken Ellenbogen die halb geöffnete Küchentür auf. Sie hörte einen unterdrückten Schmerzenslaut, etwas krachte auf die schwarz-weißen Fliesen. Ein schwarzer Schatten sprang hinter der Küchentür hervor und rammte Anna um. Sie war so überrumpelt, dass sie zunächst nicht wahrnahm, was da neben ihr auf den Boden gefallen war.

Was passierte hier, was war das? Sie war durch die Küche getaumelt und versuchte, an dem Küchentresen Halt zu finden, und dann sah sie, was neben ihren Schuhen lag: Es war eine Waffe.

Sie hörte polternde Schritte in dem langen Flur hinter sich. Schnell bückte Anna sich, hob die Waffe auf und drehte sich um. Der schwarze Schatten war bereits in dem Berliner Zimmer verschwunden. Ohne nachzudenken, rannte Anna ihm hinterher. Vor der Wohnungstür drehte der Mann sich kurz panisch nach ihr um, Anna konnte sein Gesicht genau erkennen. Der Kerl öffnete die Tür.

Anna schoss. Sie schoss dem Mann ohne nachzudenken und ohne Vorwarnung in den Rücken. Er schrie kurz auf, aber schaffte es, im Treppenhaus zu verschwinden.

Anna rannte zum Ausgang. Sie versetzte der geöffneten Wohnungstür einen Tritt, so dass sie mit lautem Krachen ins Schloss fiel, legte die Kette vor und schaltete die Alarmanlage an. In dem Moment war es Anna egal, was mit dem Mann war. Sie drehte sich um und rannte in heller Panik zu ihrer Mutter in die Küche. Was war hier geschehen?

Ihre Mutter hing wie ein nasser Sack auf dem Holzstuhl. Sie war gefesselt worden, die Beine waren mit Kabelbinder an die Stuhlbeine gebunden, die Hände hatte der Kerl hinter ihrem Rücken mit einem Kabelbinder zusammengezogen.

„Gleich, Mama, gleich, ich helfe dir, ich brauche nur eine Schere, dauert einen Moment, Mama", rief Anna.

Mit fliegenden Fingern suchte sie nach der Küchenschere. Sie musste diesen Knebel abschneiden, ihre Mama bekam keine Luft. Wo war diese blöde Schere denn nur? Sie zog die Schubladen auf, die Schere war doch immer neben der Spüle gewesen, für die Blumen und die Kräuter und so.

Wieder dieses Geräusch, das sich wie ein Glucksen anhörte.

Anna schaute zu ihrer Mutter, die ganz offensichtlich bewusstlos war. Endlich fand sie die Schere und versuchte damit, ihre Mutter zunächst von dem Tuch zu befreien, das ihr dieser Mann über den Mund gezogen und am Hinterkopf verknotet hatte. Anna zitterte so stark, dass sie kaum die Schere halten konnte.

Als sie es endlich geschafft hatte, stellte sie fest, dass im Mund ihrer Mutter ein weiterer Knebel steckte. Als Anna ihn herauszog, kam ein Schwall Blut und Erbrochenes hinterher.

„Mama", schrie Anna, „Mama!"

Hörte sie sie? Anna schaute an ihr herunter, ihre Bluse war blutbefleckt. Der Kerl hatte sie übel zugerichtet. Wo war ihr Handy? Wo hatte sie ihre Handtasche gelassen? Oder Mamas Handy? Sie musste dringend einen Krankenwagen rufen. *Oder soll ich sie erst losschneiden?*

Sie entschied sich dagegen. Erst mal Feuerwehr. Anna rannte ins Wohnzimmer, wo es immer noch ein Festnetztelefon gab, und wählte 112. Schnell, Feuerwehr, Notarzt, Polizei, alles! Schrie sie ins Telefon.

„Unsere Leitungen sind zurzeit überlastet …"

Luca

Sie war wohl vor Erschöpfung eingeschlafen, denn sie glaubte zu träumen, als sie eine männliche Stimme hörte: „Hallo, Lena!"

Es dauerte eine Schrecksekunde, bis sie kapierte, dass es kein Traum war, sondern ihr wohlmeinender Helfer Luca an ihrem Bett stand.

Lena hatte keine Ahnung, ob ihr das Lächeln gelang. „Hallo, Luca!", sagte sie.

„Ich dachte, ich schau mal nach dir, du brauchst bestimmt Hilfe."

„Du bist ein Schatz", sagte sie und meinte es auch so.

„Wie es dir geht, brauche ich wohl nicht zu fragen."

„Sehe ich so beschissen aus?"

„Ehrlich gesagt, ja", gab er zu.

Es war ihr peinlich.

„Was haben die Ärzte gesagt?", fragte er und zog sich einen Stuhl heran.

„Schädel-Hirn-Trauma."

„Weißt du den GCS-Wert?", fragte er.

„Den was? Himmel, ich bin schon froh, dass mir der Arzt im Google-Übersetzer gezeigt hat, was mir fehlt."

„Da gibt es gewaltige Unterschiede." Er stand auf und zog sich vom Bettende die Krankenakte.

„Verstehst du was davon?"

„Ein bisschen, aber ich bin erst im neunten Semester", sagte er, während er las.

„Du studierst Medizin?", fragte sie überflüssigerweise.

„SHF2", sagte er und steckte die Akte zurück. „Das ist schon ein bisschen schlimmer als eine einfache Gehirnerschütterung, aber du wirst es überleben. Nur wirst du ein paar Tage hierbleiben müssen. Kann ich in der Zwischenzeit etwas für dich tun?"

„Ich brauche meinen Koffer, der ist ja immer noch im Hotel. Und ich muss unbedingt an Geld kommen, alle meine Kreditkarten sind weg. Weißt du, was man da tun kann?"

„Natürlich, du brauchst nur jemanden aus Deutschland, der dir Geld schickt. Western Union, das geht am schnellsten."

„Woher kennst du dich so gut aus?"

„Ich arbeite immer in den Semesterferien hier in Rom als Reiseleiter. Deshalb konnte ich dich auch nicht ins Krankenhaus begleiten, ich musste mich um meine Touris kümmern. Geklaute Geldbörsen sind hier an der Tagesordnung, deshalb bitte ich unsere Touristen immer, sie entweder im Hotel im Safe zu lassen oder, wenn ich eine längere Tour betreue, sie im Bus zu verstauen. Aber die Leute hören nicht, sie haben Angst, der Busfahrer oder das Zimmermädchen beklauen sie, und dann haben wir alle ein Problem."

„Du wohnst in Rom?"

„Nur in den Semesterferien. Meine Großtante wohnt hier, mein Vater ist schon als junger Mann nach Deutschland gekommen."

„Ach, du bist also Italiener?"

„Auch", sagte er grinsend.

Sie konnte Luca gut leiden.

„In welchem Hotel warst du denn?", fragte er.

Entsetzt stellte sie fest, dass sie Mühe hatte, sich an den Namen des Hotels zu erinnern. „Fincia?"

„Weißt du die Straße?"

Au weia. „Äh, nein."

„Okay, schauen wir mal." Er zückte sein Handy und gab den Namen ein. Nachdem er eine Weile rumgescrollt hatte, fragte er: „Könnte es das *Fenicia* in der Via Milazzo sein?"

„Ich weiß nicht", antwortete Lena.

Er zeigte ihr ein Foto.

„Ja, das ist es."

„Haben die vielleicht beim Einchecken eine Fotokopie von deinem Ausweis gemacht?"

Lena versuchte sich daran zu erinnern, wie sie dort eingecheckt hatte. „Keine Ahnung", musste sie zugeben.

„Wenn du Glück hast, haben sie das getan, das tun viele Hotels in Rom. Damit geht es dann schneller auf der Botschaft. Wenn du mir einen Zettel unterschreibst, dass ich dein Gepäck abholen darf, dann bringe ich es dir", schlug er vor.

„Das würdest du tun?"

„Würde ich es dir sonst anbieten?", entgegnete er. „Gib mir mal die Anzeige, damit ich sie scannen kann, und du schreibst mir eine Vollmacht aus, dann müsste das klappen."

Lena konnte ihr Glück kaum fassen. Er fotografierte die Anzeige, die in dem schmalen Nachttisch neben ihrem Bett lag, und zückte einen kleinen Block, auf den er etwas auf Italienisch kritzelte.

„Schreibst du mir deine Adresse und deinen Namen in Blockbuchstaben darauf und unterschreibst?", wies er Lena an.

Sie tat, wie ihr geheißen. „Ich weiß echt nicht weiter", sagte sie.

„Das Wichtigste ist, dass du rasch wieder auf die Beine kommst. Kannst du dich jetzt an deine Handynummer erinnern?"

Lena dachte angestrengt nach, aber außer einer 0172 fiel ihr nicht mehr ein. „Es ist wie ein schwarzer Fleck im Gehirn."

„Kein Wunder, man ruft sich selbst ja auch so gut wie nie an", sagte Luca.

„Und alle Nummern von den Leuten, die ich kenne, sind im Handy. Wenn ich mich schon nicht an meine eigene Nummer erinnere ..." Sie ließ den Gedankenfetzen in der Luft hängen.

„Du meinst, dass du dich nicht an irgendeine andere Telefonnummer erinnern kannst von jemandem, der dir Geld schicken könnte?"

„Oh Gott!", stöhnte sie. Daran hatte sie noch gar nicht gedacht.

„Was ist denn mit Social Media? Soll ich dich mal im Netz suchen? Vielleicht finden wir ja die Namen von Freunden oder deine Eltern", schlug Luca vor. „Dann kannst du ihnen eine PM schicken."

„Gute Idee", sagte Lena.

Luca gab ihren Namen bei Facebook ein. „Also bei Facebook bist du jedenfalls nicht angemeldet, jedenfalls nicht als Lena Breitenbach", sagte er enttäuscht.

„Versuchs mal auf Instagram", schlug sie vor. Aber auch hier schien der Name Lena Breitenbach unbekannt zu sein. „X? TikTok?", fragte Luca.

„Keine Ahnung, TikTok eher nicht, aber ein Versuch könnte nicht schaden."

Auch bei TikTok schien sie nicht angemeldet zu sein, ebenso wenig bei X.

„Das kommt davon, wenn man sich als Tausendschönchen24 registriert", sagte Luca.

Er versuchte es über Google. Auch der Suchmaschine war eine Lena Breitenbach unbekannt.

„Ich komme morgen wieder, berichte den Ärzten unbedingt von deinen Erinnerungslücken, damit sie das weiter untersuchen können."

„Aber außer an die Telefonnummern kann ich mich an alles erinnern", behauptete sie.

„So wie an deine Social-Media-Accounts? Was ist eigentlich dein Beruf?", fragte er.

Lena schloss die Augen. Ihr Beruf? Sie wollte schon den Mund öffnen und etwas sagen, als ihr auffiel, dass sie es nicht wusste. Beruf? Hatte sie überhaupt einen Beruf? Aber sie musste ja von irgendetwas leben. Sollte sie lügen und etwas behaupten, damit Luca sie nicht für komplett übergeschnappt hielt? Ihr wurde heiß, die Angst kroch wie eine Spinne an ihr hoch. Sie entschloss sich, die Wahrheit zu sagen. „Ich habe keine Ahnung. Ehrlich. Was ist das, Luca, warum kann ich mich daran nicht erinnern?"

„Es ist nicht selten, dass man bei einem Schädel-Hirn-Trauma einen vorübergehenden Gedächtnisverlust erleidet. Die Betonung liegt auf vorübergehend."

„Was heißt das? Wie lange dauert das denn, das geht doch gar nicht, ich meine, was mache ich denn jetzt?"

„Jetzt werde erst mal gesund. Schlaf ein bisschen, das ist das Beste, was du tun kannst. Und hör auf, dein Gedächtnis zu martern. Das kommt von allein zurück, okay?"

Er schaute sie mit seinen braunen Augen an, und ihr kam ein Gedanke.

„Du erinnerst mich an Hotte", sagte sie spontan.

„Wer ist Hotte?", fragte er.

„Mein Hund?" Sie stellte es als Frage. Denn es war eine Frage.

„Na, danke auch", sagte Luca.

„Ich wollte nicht … Tut mir leid, so habe ich das nicht gemeint."

„Was heißt so?"

„Na ja, deine Augen. Sie erinnern mich an Hotte." Sie musste sich auf die Zunge beißen. Luca hatte wunderschöne Augen, aber das konnte sie ihm ja kaum sagen.

„Was für ein Hund ist Hotte?"

„Ich weiß nicht. Er ist braun. Er war braun. Ich glaube, Hotte gibt es nicht mehr. Ja, er war braun, hellbraun, und sah aus wie selbstgestrickt."

„Du hast ihn geliebt?"

„Und wie!" Das klang hundert Prozent überzeugt. Da war so ein warmes Gefühl in ihr, wenn sie in seine Augen schaute.

„Na, dann bin ich ja beruhigt", sagte Luca und verabschiedete sich.

Als er die Tür hinter sich schloss, begann Lena leise zu weinen.

Reiskörner

Schlaf soll alle Wunden heilen, aber an Schlaf war in dieser Nacht nicht zu denken. Die alte Dame im Bett nebenan brabbelte nicht mehr, sondern schrie die halbe Nacht, bis Lena auf die Idee kam, dass sie vielleicht Angst im Dunklen haben könnte, und sie ihre Nachttischlampe für sie anschaltete. Danach verstummten die Schreie und gingen in das schon bekannte Brabbeln über.

Aber das war es nicht, was sie vom Schlaf abhielt, es waren die Gedanken, die wie Amöben an ihr vorbeiflutschten. Lena versuchte, die Wechseltierchen festzuhalten, aber sie entkamen ihr auf wundersame Art und Weise. Sie versuchte, sich zu orten. Woran erinnerte sie sich, und was war ihr entglitten?

Lena war Lena Breitenbach, fünfundzwanzig Jahre alt aus Berlin. So viel stand fest. Ihre Adresse in Berlin? Fehlanzeige. Wieso erinnerte sie sich nicht an ihre Adresse?

Lena ratterte in Gedanken alle Bezirke von Berlin herunter, aber ihr wollten weder der Bezirk noch die Straße einfallen, in der sie wohnte. Vor ihrem inneren Auge sah sie ein schönes, gelbes Haus, sie wusste merkwürdigerweise sogar, dass es ein Jugendstilhaus war. Nur die Adresse offenbarte sich ihr nicht.

Offensichtlich hatte sie das meiste aber gar nicht vergessen. Sie konnte Englisch, sie konnte sogar Bauwerke einer bestimmten Periode zuordnen. Als sie probierte zu rechnen, gelang ihr das mühelos.

Auch an ihren Wochenendtrip nach Rom entsann sie sich. Sie war auf der Via Veneto spazieren gegangen, hatte nach einem Bummel durch Trastevere dort vor einem Restaurant draußen auf der Straße gesessen und Spaghetti gegessen und gekühlten Weißwein getrunken. Auch an den Besuch der Spanischen Treppe konnte sie sich entsinnen, gern hätte sie sich dort mit einem Stück Pizza und einer Cola hingesetzt, aber das war verboten, und natürlich an den Trevi-Brunnen, den sie unglücklicherweise noch einmal an diesem Mittag besucht hatte. Sie sah die Piazza Navona vor ihrem inneren Auge, wo sie ein überteuertes Bier getrunken hatte, sie wäre in der Warteschlange in der Vatikanstadt fast umgekippt, weil es so heiß und sie halb verdurstet war. Wie in einem Film lief die Stadtrundfahrt, die sie wohl gebucht hatte, hinter ihren geschlossenen Augen ab: Engelsburg und Tiber, das Forum Romanum, Kolosseum und Pantheon, und natürlich die verkehrsumtoste Piazza Venezia mit dem schneeweißen Denkmal für Viktor Emanuel den Zweiten. Sie konnte sich an jeden Stopp erinnern.

War sie zum ersten Mal in Rom? Aber warum war

sie alleine? Oder war sie gar nicht allein gewesen? War sie nur allein zum Trevi-Brunnen gegangen? Unwahrscheinlich.

Berlin, sie sah den Ku'damm und die Friedrichstraße, Strandbad Wannsee und die Havelchaussee, Potsdamer Platz und den Bierpinsel. Den Bierpinsel? Wieso fiel ihr jetzt das hässlichste Relikt Berliner Bausünden der Siebzigerjahre ein? Oh nein, es gab noch viel hässlichere Ecken in der Stadt. Der Mäusebunker in Lichterfelde zum Beispiel. Die Rostlaube in Dahlem. Die Tatsache, dass ihr vor allem West-Berliner Ecken einfielen, sagte ihr, dass sie mit hoher Wahrscheinlichkeit irgendwo im Westteil der Stadt aufgewachsen war und dort vermutlich auch wohnte.

Aber wenn sie sich schon nicht an ihre Adresse erinnerte, so brauchte sie vor allem den Namen ihrer Mutter, um sie irgendwie kontaktieren zu können. Wie hieß ihre Mutter mit Vornamen?

Mama war eine resolute Frau, eine, die wusste, was sie wollte, wer sie war und wen sie nicht brauchte. Einen Mann zum Beispiel, dachte Lena. An einen Vater konnte sie sich jedenfalls nicht erinnern. Hieß Mama auch Breitenbach mit Nachnamen? Vermutlich. Oder hatte sie einen Doppelnamen? Frauen wie ihre Mutter pflegten einen Doppelnamen zu haben, sagte sie sich, sowas wie Breitenbach-Mayerbär.

Obwohl ihr der Vorname ihrer Mama nicht einfiel, so erinnerte sie sich sehr wohl daran, dass Mama immer gut für sie gesorgt hatte und dass sie sicher nicht arm gewesen waren.

Lena sah ihre Wohnung in dem schönen alten Haus, eine riesige Altbauetage mit Stuckdecken, zum Teil freigelegten Deckenbalken und Parkettböden. Abende mit Mama auf der großen, grauen Couch in diesem Wohnzimmer mit den vielen Büchern, die zwei Wände bis zur Decke einnahmen. Wenn sie nicht fernsahen, haben sie gelesen, Mama las ihre Akten und sie am liebsten Krimis.

Akten? Ja, Mama hatte sich oft Arbeit mit nach Hause genommen, sie sah die Akten vor sich. Sie breitete sie auf dem Sofa aus, verglich, machte Notizen und diktierte in ein kleines schwarzes Diktafon. Was hatte sie diktiert, was hatte sie gelesen? Sie konnte sich an Mamas Beruf ebenso wenig erinnern wie an ihren.

Aber sie sah sich mit Mama in Urlauben am Meer. *Mama und ich.* Sie erinnerte sich an das Gesicht ihrer Mutter, ihre dunkelbraunen Haare, die hohen Wangenknochen und ihre vollen Lippen, die sie, wenn sie sauer war, zu einem schmalen Strich zusammenpressen konnte. Ihrer Mutter sah man jede Gefühlsregung an den Lippen an, während ihre Augen und ihre Mimik die sehr gut zu verbergen wussten. Es gab sonst niemanden, an den sie sich erinnerte, es gab also wahrscheinlich keinen Bruder oder eine Schwester in ihrem Leben.

Aber Hotte. Erinnerungen an Kinderglück. Sie sah

sich mit diesem gutmütigen Wollknäuel auf einer Wiese herumtoben, an einem See. Der See war nicht groß, und um ihn herum standen Wohnhäuser, graue Wohnhäuser, er muss mitten in der Stadt gelegen sein. Der Lietzensee! Natürlich, das konnte nur der Lietzensee gewesen sein. Wahrscheinlich wohnten wir in Charlottenburg, wenn sie öfter mit Hotte am Lietzensee gewesen war.

Aber wie alt war sie da gewesen, sie war noch ein Kind, als sie mit Hotte spielte, wohnte sie jetzt immer noch bei ihrer Mutter, wohnte Mama noch in Charlottenburg? Sie versuchte, sich die Straßennamen in Erinnerung zu rufen. Stuttgarter Platz, Kantstraße, Savignyplatz, Bleibtreustraße, Knesebeck … Die Straßennamen fielen aus ihrem Gehirn wie Reis aus der Tüte. Aber welches war das richtige Reiskorn? Wo wohnte sie? Was für einer Arbeit ging sie nach? Oder studierte sie noch, so wie Luca? Wieso half ihr dieser gutaussehende Italiener?

Irgendwann musste sie eingeschlafen sein.

Lenas Erkenntnisse

Die ersten Sonnenstrahlen erhellten nicht nur das Krankenzimmer, sondern auch Lenas Gehirn. Sie hatte einen Teil ihres Gedächtnisses verloren, das sah sie im ersten Morgenlicht ganz klar. Und zwar den Teil, der ihre Identität betraf. Wie konnte es sein, dass sie sich an idiotische Bauwerke, an Straßennamen und Wohnzimmereinrichtungen erinnern konnte, ja, sogar an das Gesicht ihrer Mutter, aber nicht wusste, wo sie wohnte, was sie von Beruf war oder wie ihr alltägliches Leben aussah.

Das Schlimmste war allerdings ihr Anblick. Gestern war sie wohl auf der Toilette gewesen, ohne sich in dem Spiegel oberhalb des Waschbeckens anzuschauen. Kein Wunder, die Welt war regelrecht um sie herum rotiert, jetzt am nächsten Morgen war der Schwindel schon viel erträglicher. Oder sie hatte sich daran gewöhnt.

Als sie nun in den Spiegel schaute, blickte sie eine fremde Frau an. War sie das? Strähnige, dunkelbraune, lange Haare, ein Pony, der ihr weit in die graugrünen Augen fiel. Die gebräunte Haut sah irgendwie blass aus, *wie Kacke von einem kranken Hund,* dachte sie. Die

Frau im Spiegel war ihr fremd. Weil sie so krank aussah oder weil sie sich nicht daran erinnern konnte, sich jemals gesehen zu haben? Sie spürte, dass sie kein Bild von sich hatte.

Luca hatte ganz recht, sie musste das einem Arzt sagen. Als die Visite kam, versuchte sie dem Arzt auf Englisch zu verklickern, dass bei ihr was nicht stimmte im Oberstübchen. Hatte er sie verstanden? Sein neutraler Gesichtsausdruck ließ nicht darauf schließen. Aber vielleicht doch, denn knapp eine Stunde später wurde sie wieder abgeholt und zu etwas gebracht, was sie als MRT identifizieren konnte.

Zurück in ihrem Bett bedauerte sie sich selbst. Wie kam sie hier raus, wovon sollte sie das bezahlen, wie konnte sie die Deutsche Botschaft erreichen?

Lena hatte barbarische Kopfschmerzen. Nach dem in Plastik servierten, im Grunde ungenießbaren Mittagessen verfiel sie in eine Art Dämmerschlaf – nichts zu denken tat weniger weh als sich mit schmerzhaften Gedanken auseinanderzusetzen.

In dem Krankenzimmer war ein ständiges Kommen und Gehen, die anderen Frauen schienen ständig Besuch zu haben. Nur die brabbelnde alte Dame neben ihr kam niemand besuchen. Dabei hätte sie ein wenig Zuspruch vermutlich am dringendsten gebraucht. Als sie sich auf Lenas Seite drehte, lächelte sie sie an. Sie winkte ihr zu. Wie rührend. Sie winkte zurück.

Am frühen Nachmittag kam Luca. Einen Koffer sah sie nicht.

„Hallo, Schönheit", sagte er.

„Hallo, Lügner", sagte sie und rang sich ein Lächeln ab.

„Wie geht es dir?", fragte er.

„Ich weiß nicht", gab sie ehrlich zu. Am liebsten hätte sie gefragt, ob er im Hotel gewesen sei. Aber das kam ihr dann doch unverschämt vor.

„Hast du den Ärzten von deinen Erinnerungslücken erzählt?", fragte er. Es klang besorgt.

„Ja, ich weiß nur nicht, ob der mich verstanden hat. Aber sie haben mich zu einem MRT geschickt."

„Oh, gut, sehr gut", sagte Luca und zog sich einen Stuhl ans Bett heran. „Vielleicht sollte ich mal mit dem zuständigen Arzt reden."

„Würdest du das tun?"

„Ja, wenn du es erlaubst."

„Warum tust du das für mich?", fragte sie ihn.

Er lächelte sie an. „Ich weiß nicht."

Das glaubte sie ihm aufs Wort.

„Hör mal, das mit dem Hotel …"

„Du hast es nicht geschafft hinzufahren?", kam sie ihm hoffnungsvoll zuvor.

„Nein, das ist es nicht. Es war das falsche Hotel, in diesem Hotel hat keine Lena Breitenbach ein- oder ausgecheckt. Du musst dich geirrt haben. Im *Fenicia* hast du jedenfalls nicht gewohnt."

„Scheiße", sagte Lena.

„Ja", sagte er und lächelte. Es war ein bedauerndes, schüchternes Lächeln, in das sie sich unter anderen Umständen sofort verliebt hätte. Aber im Moment hatte sie anderes im Kopf, als sich in einen gutaussehenden Italiener zu vergucken.

„Ich habe noch mal die Umgebung vom Bahnhof Termini gegoogelt. Ein Hotel, das ähnlich heißt, gibt es dort nicht."

Jetzt war es so weit. Sie musste sich heftig zusammennehmen, um nicht zu heulen. Also schluckte sie die aufkommenden Tränen hinunter und sagte: „Das verstehe ich nicht, das Foto sah genauso aus, wie ich das Hotel in Erinnerung habe."

„Da ist wohl deine Erinnerung das Problem …", sagte er.

„Und jetzt, was mache ich denn jetzt? Ich kann mich nicht mal an den Vornamen meiner Mutter erinnern, damit ich sie irgendwie kontaktieren könnte, damit sie mir Geld schickt", sagte sie verzweifelt.

„Du hast doch sicher Kreditkarten gehabt?", sagte Luca.

„Wahrscheinlich."

„Die musst du auf jeden Fall sperren lassen. Aber die Bank kann dir eine neue schicken. Und vielleicht kannst du telefonisch erfragen, ob du die Hotelrechnung mit der Kreditkarte bezahlt hast, so können wir das Hotel ermitteln."

„Gute Idee. Und wie mache ich das?"

„Indem du bei deiner Bank anrufst und denen die Verlustanzeige schickst."

„Ohne Telefon?"

„Ich sorge dafür, dass du hier ein Telefon bekommst", versprach Luca.

„Geht denn das?"

„Ich werde dir einen Zugang kaufen."

„Das würdest du tun?"

„Wenn ich dir damit helfen kann, natürlich", sagte er.

„Aber ich kann mich nicht erinnern, bei welcher Bank ich bin, ich habe absolut keine Ahnung, wen ich anrufen soll", gab sie zu.

„Mist. Dich hat es härter getroffen, als es zuerst den Anschein hatte. Dann hilft dir auch nicht die zentrale Telefonnummer, bei der man alle seine Karten sperren kann. Also bleibt nur noch eins: Ich werde mich für dich an die Deutsche Botschaft wenden, vielleicht können die jemanden hierherschicken, damit man dir weiterhelfen kann", sagte er.

„Danke", sagte sie und schloss die Augen. Das ganze Ausmaß des Dilemmas wurde ihr erst jetzt bewusst.

„Ich schau mal", sagte er und stand auf.

Was täte sie nur ohne Luca, fragte sie sich, als er gegangen war.

Anna – In Panik

Das konnte doch wohl nicht wahr sein. Mit dem Telefonhörer in der Hand rannte Anna zurück in die Küche. „Ich warte, das ist ein Notfall, verdammt noch mal", schrie sie ins Telefon, wo immer noch eine Bandansage lief.

„Hilfe!", schrie sie. „Hilfe!"

„Die Berliner Feuerwehr", meldete sich endlich ein Mann am Telefon.

„Hilfe, meine Mutter ist überfallen worden", schrie Anna.

„Ist Ihre Mutter verletzt?"

„Ja, sie ist … bewusstlos, glaube ich. Sie war gefesselt und geknebelt."

„Wo sind Sie?"

Schnell leierte Anna die Adresse ihrer Mutter herunter. „Bitte kommen Sie schnell, ich brauche auch Polizei, einen Notarzt."

„Wo ist Ihre Mutter jetzt?", fragte der Feuerwehrmann.

„Sie sitzt in der Küche, festgebunden auf einem Stuhl."

„Sie ist geknebelt, haben Sie gesagt."

„Nein, sie war geknebelt, ich habe den Knebel entfernt, meine Mutter hat Blut erbrochen, bitte kommen Sie schnell", schluchzte Anna ins Telefon.

Sie sah die Augen ihrer Mutter flackern.

„Mama, kannst du mich hören, Mama?"

Ihre Mutter nuschelte etwas. Einen Namen? Anna verstand ihn nicht.

„Moment, meine Mutter versucht, mir was zu sagen, bitte kommen Sie!", schrie Anna ins Telefon und ließ den Hörer einfach auf den Boden fallen. Sie beugte sich zu ihrer Mutter herunter.

„Ba…"

„Mama, willst du mir was sagen?"

Ihre Mutter versuchte es erneut. Anna ging mit ihrem Ohr ganz nah an ihren Mund heran.

„Was sagst du? Mami, ich kann dich nicht verstehen."

„Lo…"

„Mama, ist das ein Name?"

„Safe", sagte ihre Mutter. Ganz deutlich. „Safe."

Danach wurde sie wieder bewusstlos.

Anna hörte von Ferne das Heulen der Sirene des Rettungswagens. Als sie den Sanitätern die Tür öffnete, war ihre Mutter immer noch ohne Bewusstsein.

Die Sanitäter konnten keine Vitalzeichen mehr feststellen, der Notarzt, der kurz nach der Feuerwehr eintraf, konnte nur noch den Tod ihrer Mutter bescheinigen.

Annas Mama war an ihrem Erbrochenen erstickt, ein Lungenflügel war durch stumpfe Gewalteinwirkung kollabiert.

Anna öffnete auch der Polizei mechanisch die Wohnungstür, der kurz darauf eintreffenden Kripo und der Spurensicherung. Sie gab allen kurz und sachlich Auskunft, ihre Mama, die Oberstaatsanwältin, wäre stolz auf sie gewesen.

In der Wohnung herrschte ein unübersehbares Durcheinander, Polizei, Kripo, Sanitäter, Feuerwehrleute schienen sich gegenseitig auf die Füße zu treten. Wie durch eine Wattewand hörte Anna ihre Funkkommunikation. Natürlich hatte sie den Beamten von dem geflüchteten Mann berichtet, dem sie in den Rücken geschossen hatte. Von der Straße war das Jaulen der Martinshörner zu hören, die blinkenden Blaulichter in der Straße zuckten wie Blitze durch die Fenster. Die Jagd auf den Mörder ihrer Mutter war eröffnet.

Aber erst, als Anna alle Fragen beantwortet, alle Beamten eingelassen hatte, brach sie zusammen. Ihre Beine versagten den Dienst, sie kippte einfach um. Diesmal öffnete ein Polizist die Wohnungstür für die Sanitäter, die Anna ins Martin-Luther-Krankenhaus brachten.

Lena – Gestrandet

Das Schlimmste war das Grübeln: Je länger sie nachdachte, desto mehr Dinge fielen ihr auf, die sie vergessen hatte. Es war, als wären ihre Erinnerungen und ihre
Identität in einem schwarzen Loch verschwunden. Sie
wusste nicht mehr, wer oder was sie war. Außer an ihren Namen konnte sie sich an so gut wie nichts erinnern, was ihre Person betraf. Aber Englisch, Rechnen,
Ortskenntnisse, also das, was sie mal aktiv gelernt hatte,
daran konnte sie sich erinnern. Was für einen Beruf
hatte sie gelernt? Oder studierte sie noch? Weg.
Schwarzes Loch!

Luca hatte offensichtlich den jungen Arzt gefunden,
der sie eingangs untersucht und sich später als Neurologe vorgestellt hatte. Anders konnte sie sich nicht erklären, warum der Arzt sich am Nachmittag dazu be-
quemte, sie in dem Krankenzimmer aufzusuchen. Er
fragte sie auf Englisch, wie es ihr gehe, und sie antwortete wahrheitsgemäß mit „lousy".

Was man leider von seinem Englisch auch sagen
musste, sie konnte kaum verstehen, was er ihr sagen
wollte. Zumindest verstand sie so viel, dass er von ihr
wissen wollte, ob sie Drogen nahm. Was sollte sie ihm

darauf antworten? Ein spontanes, empörtes Nein verschluckte sie. Hatte sie Drogen genommen? Sorry, keine Ahnung. Das Gleiche galt für seine Frage nach Alkohol. Aber hätten sie das nicht im Blut oder in dem später gemachten Urintest festgestellt? Sie fragte es ihn.

„Nein, nicht festgestellt", radebrechte er. Wieso fragte er dann.

„Medikamente?"

„Woher soll ich das wissen?", antwortete sie. Vorsicht, Lena, werd nicht patzig, der Mann kann auch nichts dafür, dass du dich nicht erinnern kannst …

„Seit wann sind Sie in Rom?", fragte er.

Sie erzählte ihm, dass sie seit Donnerstagabend in Rom war, für einen Wochenendtrip.

„Was haben Sie in Rom gesehen?"

Das hatte sie sich in der Nacht schon überlegt, deshalb ratterte sie die Sehenswürdigkeiten der Ewigen Stadt herunter wie ein auswendig gelerntes Gedicht.

Er schüttelte den Kopf. Was sollte das jetzt bedeuten?

Aus seiner Kitteltasche zog er drei Karten. Sie sollte sich merken, was darauf zu sehen war: ein Hund, ein Glas, die Sonne.

Nachdem er die Karten wieder eingesteckt hatte, sagte er, dass sie sich keine Sorgen zu machen brauche, ihr Gedächtnis werde aller Voraussicht nach bald wieder funktionieren.

Lena lächelte ihn an. „I hope so."

„Was war auf den Karten abgebildet?", fragte er sie.

„Hund, Glas, Sonne."

„Sehr gut", sagte er. Sie sah, wie er überlegte. Dann fragte er, ob sie schon mal psychische Probleme gehabt habe.

„Ich weiß es ehrlich nicht!", sagte sie mit Nachdruck. Ihr schien, der Arzt wollte ihr einfach nicht glauben, dass sie wirklich keine Ahnung hatte.

„Ich glaube Ihnen", sagte er schließlich, „obwohl da einiges merkwürdig ist."

„Merkwürdig?"

„Ja. Bei einer retrograden Amnesie würden Sie sich nicht daran erinnern, dass man Ihnen die Handtasche am Trevi-Brunnen geklaut hat und was Sie in den Tagen davor getan haben."

Lena sah ihn hilflos an, was sollte sie dazu auch sagen.

„Außer einem Schädel-Hirn-Trauma mit Gedächtnisverlust haben wir keine weiteren körperlichen Schäden feststellen können."

„Und was können Sie dagegen tun?"

Er zuckte die Schultern. „Wenig", gab er zu. „Wir können nur hoffen, dass Ihr Gedächtnis bald zurückkommt."

„Und das kann man nicht irgendwie unterstützen? Medikamente oder so?"

Er schüttelte bedauernd den Kopf. „Psychotherapie,

aber die haben Sie besser zu Hause in Deutschland. Wegen der Sprache."

„Yes", gab sie lächelnd zu und stellte sich bildlich vor, wie sie vor einem rumstotternden Psychologen saß.

Sie wollten sie also loswerden. Nur wohin sollte sie gehen?

„Wir werden Sie noch ein paar Tage beobachten", sagte der Arzt, „bevor wir Sie nach Hause schicken. Normalerweise kommen die Erinnerungen rasch wieder."

Lena verstand das als Entwarnung, dass sie sie nicht sofort auf die Straße setzten.

Immerhin bekam sie ohne Erklärung ein Telefon auf ihren Nachttisch gestellt. Toll. Die einzige Telefonnummer, die ihr einfiel, war 112 – der Notruf. Es konnte doch nicht sein, dass sie ihre eigene Telefonnummer oder die ihrer Mutter nicht kannte. Sie versuchte, sich zu konzentrieren, aber je mehr sie sich auf Zahlen fokussierte, desto weniger wollte sich irgendeine Zahlenfolge in ihr Gehirn schleichen.

Lena war so verzweifelt, dass sie sich umdrehte und in ihr Kissen schluchzte. Da spürte sie, wie sich jemand auf ihr Bett setzte und einen Arm um sie legte, eine Hand strich ihr die Haare aus dem Gesicht. Als sie hochschaute, erkannte sie die alte Frau, deren Gebrabbel wohl nicht nur an ihren Nerven zerrte, die sie auf so rührende Weise zu beruhigen versuchte. Sie hielt sie fest im Arm, ihr Gebrabbel hatte etwas Rhythmisches, es war jetzt mehr ein Singsang, sie wiegte sie ein Baby. Lena wusste nicht, wie sie darauf reagieren sollte, die alte Frau tat ihr leid, und diese Geste war so anrührend, dass sie noch mehr weinen musste. Die alte Frau war nicht mehr richtig im Kopf, aber sie hatte verstanden, dass sie Trost brauchte, und gab ihr das, was sie zu geben imstande war, menschliche Nähe. Lena nahm die alte Frau selbst ganz fest in den Arm, und so saßen sie da, wie eine Figur von Käthe Kollwitz, dachte Lena und war wiederum erstaunt, dass ihr ausgerechnet hier Käthe Kollwitz eingefallen war.

Und dann kam Katrin. Katrin Kraushaar von der deutschen Botschaft. Sie musste sich auf die Zunge beißen, um über ihren Namen angesichts ihrer Spaghettihaare keinen Witz zu machen. In Gedanken küsste sie Luca, er hatte also sein Versprechen wahr gemacht und offensichtlich Himmel und Hölle in Bewegung gesetzt, um ihr zu helfen.

„Wir benötigen die Anzeige bei der Polizei, Frau Breitenbach", sagte sie. „Und Ihre Adresse, damit wir Ihnen einen neuen Pass ausstellen können."

„Ja, sehen Sie, das ist das Problem. Ich weiß außer meinem Namen und meinem Geburtsdatum nichts, keine Adresse, keine Telefonnummer, wo ich anrufen und um Geld bitten könnte, keine Bankverbindung. Können Sie mir trotzdem helfen?"

„Sie sind aber sicher, dass Sie aus Berlin kommen", sagte Katrin Kraushaar.

„Das ist auf jeden Fall sicher, ich kann mich sogar an einzelne Gebäude und an viele Straßennamen erinnern, nur eben nicht an meine Adresse."

„Das ist doch schon mal was."

„Wie komme ich denn hier weg, ohne Geld?", fragte Lena.

„Wir werden versuchen, Ihre Adresse herauszufinden, alles Weitere dürfte sich dann von allein ergeben", sagte die Frau mit den mausgrauen Spaghettihaaren.

„Wie lange werden Sie dafür brauchen?", fragte Lena. „Ich soll hier in ein paar Tagen entlassen werden, und dann sitze ich mit nichts auf der Straße. Kein Ausweis, kein Geld, keine Kreditkarte, noch nicht mal eine Adresse, wohin ich gehen könnte."

„Na, so schlimm wird es schon nicht werden, dafür sind wir ja da", sagte sie. „Ich werde mich jetzt noch kurz mit dem behandelnden Arzt unterhalten."

Lena gab ihr den Zettel, den sie von dem Polizisten bekommen hatte, allerdings nur ungern, denn es war das einzig offizielle Dokument, das sie vorweisen konnte.

„Nun machen Sie sich mal keine Sorgen, sondern werden Sie so schnell wie möglich wieder gesund, um den Rest kümmern wir uns dann", sagte Katrin Kraushaar zum Abschied.

Natürlich machte Lena sich Sorgen. Und wieder folgte eine Nacht, in der sie auf der Jagd nach ihrem Ich nicht schlafen konnte.

Als der Morgen dämmerte, war sie sich selbst nicht einen Millimeter nähergekommen. Die Frau, die sie gewesen war, schien ausgelöscht.

Anna – Martin-Luther-Krankenhaus

Sie lag in einem Einzelzimmer und starrte die Decke an. Anna fühlte nichts, was sicherlich daran lag, dass die Ärzte ihr schwere Beruhigungsmittel verordnet hatten. Was bei der hinzugezogenen Berliner Mordkommission nicht unbedingt auf Gegenliebe stieß. Annas Antworten auf die Fragen der Kommissare hörten sich an, als ob ein Roboter sprach.

„Die Frau ist schwer traumatisiert", hatte der Oberarzt den Beamten erklärt, „da sind Ihre Fragen nicht gerade hilfreich."

„Es ist mit Sicherheit im Interesse von Frau Schreiber, dass wir den Mörder ihrer Mutter so schnell wie möglich dingfest machen", wandte der Hauptkommissar ein.

Ein Polizist war abgestellt worden, um Anna zu bewachen, was sie allerdings erst viel später feststellte, da die Tranquilizer sie tatsächlich in einen Dämmerzustand versetzt hatten. Oder weigerte sich ihr Geist einfach, das Erlebte tatsächlich zu realisieren?

Kurz nach dem Eintreffen der Polizei in der Mommsenstraße hatte Anna den Beamten berichtet, dass sie den Mörder ihrer Mutter gesehen und dem flüchtenden Mann in den Rücken geschossen habe.

Die Beamten vom Dauerdienst der Kripo, die als Erste am Tatort gewesen waren, setzten Himmel und Hölle in Bewegung. Schließlich hatte der Mann eine Blutspur hinter sich hergezogen, die man mit dem bloßen Auge erkennen und der die hinzugerufenen Polizisten gefolgt waren. Über Landfunk war Annas Beschreibung des Täters an alle Polizeiwagenbesatzungen in Berlin herausgegangen. In jener Nacht waren die Polizisten noch ganz sicher, den Mörder der Oberstaatsanwältin schnell dingfest zu machen. Wenn es um eine der Ihrigen ging, verstanden die Beamten keinen Spaß.

Aber trotz des enormen Einsatzes, auch von Hubschraubern, war die Suche der Polizei erfolglos geblieben. Sie hatten den Mann nicht gefunden, die Blutspur hatte sich an der Ecke Knesebeckstraße verloren.

Wahrscheinlich, so erklärte der Hauptkommissar, der regelmäßigen Kontakt zu Anna im Krankenhaus hielt, hatte er dort einen Wagen geparkt. Trotz des öffentlichen Aufrufs hatten sich keine Zeugen gemeldet, die den Mann nach dem Verlassen des Hauses in der Mommsenstraße gesehen hatten.

Dann setzte die Polizei darauf, dass eine Schussverletzung behandelt werden musste, es gingen entsprechende Anfragen an alle Notaufnahmen und Ärzte heraus. Aber kein Arzt, kein Krankenhaus meldete eine Schussverletzung.

Anna hatte sich sein Gesicht gemerkt, sie würde es immer wiedererkennen, dessen war sie sich sicher. Ein Polizeizeichner kam ins Krankenhaus, gemeinsam gelang es ihnen, ein ziemlich gutes Bild von dem Mann, so wie sie ihn in Erinnerung hatte, zu fabrizieren. Das Bild ging an alle Zeitungen, wurde in den sozialen Medien geteilt. Die Nachricht vom Mord an der Oberstaatsanwältin erschütterte Berlin. Die Justizsenatorin höchstpersönlich besuchte Anna im Krankenhaus. Mutmaßungen, warum der Überfall stattgefunden hatte, machten die Runde, es war so manche Verschwörungstheorie darunter.

Das Blut des Mannes war kriminaltechnisch untersucht worden. Der Mann war den hiesigen Behörden unbekannt, er war noch nie in Deutschland verhaftet worden oder sonst polizeilich in Erscheinung getreten. Auch ein Abgleich mit Europol brachte zunächst kein Ergebnis. Der Mann war jung gewesen, sehr jung, Anfang zwanzig, hatte Anna bereits am Abend des Mordes den Polizisten gesagt.

Es vergingen frustrierende Wochen, in denen die Polizei in alle Richtungen ermittelte.

Da Annas Mutter als Oberstaatsanwältin den Bereich Organisierte Kriminalität geleitet hatte, lag es nahe, dass der Mann an Informationen über den Ermittlungsstand in einem Kriminalfall kommen wollte. Aber warum hatte er die ganze Wohnung auseinandergenommen? Akten bewahrten Staatsanwälte normalerweise nicht zu Hause auf, sie nahmen höchstens mal eine aktuelle Handakte mit nach Hause, um daran zu arbeiten. Ein Einbruch ins Kriminalgericht wäre da naheliegender gewesen. Auf der anderen Seite sah der Tod von Annas Mutter nicht so aus, als ob er beabsichtigt gewesen wäre, es handelte sich also mit hoher Wahrscheinlichkeit nicht um einen Racheakt. Was also hatte der Täter gesucht?

Nachforschungen in Rom

Am nächsten Morgen hatte Lena eine Sitzung bei dem Neurologen, die sowohl ihn als auch sie frustrierte. Denn die Gedächtnisspiele, die er ihr als Test vorlegte, absolvierte sie bravourös, aber die Erinnerung an ihre Identität brachten diese Spielchen nicht einen Zentimeter nach vorn. Ihr Schädel schmerzte immer noch ein bisschen, vor allem wenn sie sich bewegte, aber das störte sie kaum, es war sogar eher angenehm, denn wenn sie sich schon nicht an sich erinnern konnte, so fühlte sie sich zumindest.

„Sie sagen, dass ich mein Gedächtnis bald wiederfinden würde, aber ich spüre, dass ich keinerlei Fortschritte mache, kommt die Erinnerung plötzlich oder langsam zurück?"

„Jede Amnesie ist anders", sagte der Neurologe.

Herrgott, diese nichtssagenden Worthülsen, da könnte sie ja genauso gut KI oder das Orakel von Delphi befragen!

„In einigen Fällen kann das Gedächtnis plötzlich zurückkehren, zum Beispiel nach einer traumatischen Erfahrung oder nach einer medizinischen Behandlung. Aber es gibt auch Fälle, in denen die Erinnerung nur langsam nach und nach mit therapeutischer Unterstützung wiederhergestellt werden kann."

„Und wie ist es bei mir?", fragte sie. „Ich will wissen, wie Sie mich einschätzen, nicht das, was ich selbst googeln könnte, wenn ich ein Smartphone hätte."

„Das Gleiche hat mich gestern auch die Frau von der deutschen Botschaft gefragt, ich kann Ihnen darauf keine definitive Antwort geben", sagte er.

Und so lag sie wieder in ihrem unbequemen Bett, das Gebrabbel ihrer Bettnachbarin war wie das monotone Rauschen der Wellen, wenn man am Meer weilte, es war das Grundrauschen, der Sound ihrer Tage im San Giovanni Addolorata.

Die Krönung des Tages war allerdings Luca, der sie am Abend besuchte. Warum tat er das? Dass sie weder besonders hübsch noch besonders sexy aussah, verstand sich von selbst. Aber sie war so dankbar, ein bekanntes Gesicht zu sehen, dass sie es nicht wagte, ihn zu fragen, um ihn nicht zu vertreiben.

Lena berichtete ihm, dass eine Katrin Kraushaar von der deutschen Botschaft ihre Aufwartung gemacht hatte.

„Und, hatte sie krauses Haar?"

„Spaghettihaare", sagte sie schmunzelnd.

„Die arme Frau", sagte er, ebenfalls grinsend. Luca hatte offensichtlich die gleiche Art von Humor wie sie, auch wenn diese Art von Anzüglichkeiten eigentlich verpönt war. Aber denken dufte man ja noch, oder?

„Hat einen Vorteil", sagte sie, „ihren Namen kann man sich wenigstens merken."

„Das stimmt. Und, machst du Fortschritte?"

„Nein", gab sie zu.

„Sie werden dir helfen, kann ja nicht so schwer sein, sie werden in Berlin beim Einwohnermeldeamt nachfragen, und dann bekommst du einen behelfsmäßigen Pass und kannst zurück nach Deutschland fliegen."

„Und wie soll ich dahin kommen, ohne Geld?"

„Wenn du niemanden hast, der dir Geld schicken kann, dann wird dir die Botschaft das Geld vorschießen, hoffe ich zumindest."

„Das hoffe ich auch", sagte sie und hörte selbst, wie zaghaft sie klang. „Ich habe übrigens ein Krankenhaustelefon bekommen", sagte sie und zeigte auf den Apparat auf dem Nachttisch.

„Super, dass das geklappt hat. Ich hatte den Arzt darum gebeten."

„Danke, dass du das alles für mich tust", sagte sie. „Allerdings weiß ich nicht, was ich damit anfangen soll, außer dem deutschen Notruf fällt mir leider keine einzige Telefonnummer ein."

„Deine eigene auch immer noch nicht, nehme ich an", sagte er.

„Nichts. Niente."

„Schade, sonst hätten wir vielleicht über den Provider an ein paar Daten kommen können."

„Wir?"

Er schaute sie an und lächelte. „Habe ich wir gesagt?"

„Hhm."

„Ich schätze, dass ich mich für dich verantwortlich fühle."

„Warum?"

„Weil ich dich gefunden habe?"

Lena rang sich ein Lächeln ab. „Quatsch. Du bist einfach sehr hilfsbereit."

„Mein Vater wirft mir immer vor, dass ich ein Helfer-Syndrom hätte."

„Worin äußert sich das?"

„Weil ich ab und an Freunden helfe, beim Umzug und so. Nichts Außergewöhnliches, ganz normal, nur nicht für meinen Vater."

„Ist dein Vater so hartherzig?"

„Nein, nur genervt, dass ich öfter mal keine Zeit habe, wenn er gerade meint, mich zu brauchen, oder weil ich schon als kleiner Junge immer irgendwelche kranken oder entlaufenen Tiere mit nach Hause geschleppt und versucht habe, sie zu heilen oder ihre Besitzer zu finden."

Lena musste lächeln, denn sie konnte sich Klein Luca sehr gut vorstellen, wie er versuchte, einem Vögelchen einen gebrochenen Flügel zu schienen.

„Ist dein Vater auch Arzt?", fragte sie.

„Nee, Unternehmer", sagte Luca.

Sie ahnte, dass das Thema Vater ihn belastete, also

lenkte sie ihn ab: „Und deine Großtante, hier in Rom, ist sie nett?"

„Zia Chiara", sagte er lächelnd. „Sie ist sozusagen das Oberhaupt der Familie Lombardi, nachdem ihr Mann vor einigen Jahren gestorben ist."

„Wie alt ist sie?"

„Fünfundachtzig. Aber sie ist fit wie ein Turnschuh. Jedenfalls mit dem Mundwerk."

„Lebt sie allein?"

„Wie man es nimmt. Mit sieben Katzen, zwei Hunden und einem Zwergkaninchen. Ach, und einem Papagei, den habe ich vergessen."

„Meine Güte, da hat sie aber zu tun."

„Das kriegt sie hin", sagte Luca.

„Und du bist jedes Jahr in den Semesterferien hier und arbeitest als Reiseleiter?", fragte sie.

„Ja, auch, um ein Auge auf Zia Chiara zu haben. Aber ich muss nächste Woche zurück nach München. Bis dahin müssen wir den Fall Lena Breitenbach geklärt haben."

„Sind die Semesterferien denn schon vorbei?", fragte Lena erstaunt.

„Noch nicht vorbei, aber ich muss noch am Thema für meine Dissertation arbeiten."

„Was für ein Thema hast du dir denn ausgesucht?"

„Das ist ja das Problem, ich habe keinen blassen Schimmer", sagte er.

„Na prima, wenigstens etwas, was auch du nicht

weißt. Gibt es denn ein Gebiet, das dich besonders interessiert?", fragte Lena.

„Der Mensch interessiert mich, der ganze Mensch."

Diesem Luca würde sie als Patientin ohne Bedenken ihr Leben anvertrauen, dachte sie.

„Hör mal, du hast mir doch erzählt, dass du am Sonntag noch zurückfliegen wolltest. Da bist du doch sicher auf einem Flug gebucht gewesen", sagte er. „So ein Flugschein verfällt doch nicht."

„Ja, mit Eurowings."

„Weißt du noch, wann du zurückfliegen wolltest?"

„Das weiß ich sogar noch ganz genau. Um sechzehn Uhr zehn."

„Merkwürdig, dass du dich daran erinnern kannst."

„Wieso ist das merkwürdig?", fragte sie.

„Weil du normalerweise alles vergessen haben müsstest, was vor dem Unfall passiert ist. Aber du erinnerst dich genau daran, dass du um sechzehn Uhr zehn mit Eurowings nach Hause fliegen wolltest, das ist ungewöhnlich."

„Wieso?"

„Das widerspricht den Erkenntnissen der Schulmedizin."

„Ist das gut oder schlecht?"

„Ich weiß nicht", sagte er nachdenklich und schaute sie an wie einen herrenlosen Hund. Oder vielleicht bildete sie sich das nur ein, weil sie sich vorkam wie ein ausgesetztes Tier.

„Ich meinte auch, mich an das Hotel zu erinnern, in dem ich meinen Koffer habe stehen lassen", sagte sie betrübt.

„Und du kannst dich an Straßen und Plätze in Rom erinnern."

„Woher weißt du das?", fragte sie ihn.

„Ich habe mich mit dem Neurologen unterhalten."

„Außerdem erinnere ich mich an Straßen und Plätze in Berlin, sogar an hässliche Bauwerke", sagte sie.

„Das Letztere spricht dafür, dass du aus Berlin kommst, aber dass du dich an römische Sehenswürdigkeiten erinnern kannst, könnte auch dafür sprechen, dass du schon öfter in Rom warst und die Erinnerung von ehemaligen Reisen herrührt."

„Oder dass ich einen Reiseführer auswendig gelernt habe. Ich habe festgestellt, dass ich vor allem Erlerntes nicht vergessen habe. Es sind nur meine persönlichen Umstände, die wie weggewischt sind", erklärte sie ihm.

„Bist du sicher, dass du allein in Rom warst?", fragte er.

„Ich war doch offensichtlich am Trevi-Brunnen allein, wieso sollte ich dort allein hingehen, wenn ich mit jemandem zusammen in Rom war?"

„Vielleicht hat derjenige null Bock auf Touri-Plätze, wollte lieber eine Massage oder was einkaufen und ihr habt euch für später verabredet."

„Dann würde derjenige doch vermutlich eine Vermisstenanzeige aufgeben", folgte sie seinem Gedankengang.

„Gute Idee, ich schau mal, ob ich was rauskriegen kann, ob jemand eine Vermisstenanzeige nach dir aufgegeben hat."

Lena nahm wahr, dass er wie selbstverständlich davon ausgegangen war, dass sie mit einem Mann in Rom gewesen war. War sie?

„Wo kriegt man das raus?"

„Bei der Polizei, und die würden ganz bestimmt die Botschaft kontaktieren. Da dort noch nichts vorliegt, gibt es nur zwei Antworten: Entweder es liegt keine Vermisstenanzeige vor, oder es liegt am italienischen Behördentempo. Das ist noch langsamer als das deutsche", sagte er, schief lächelnd.

„Es kann sich also nur noch um Jahre handeln", vermutete sie.

„Brauchst du noch irgendetwas, das ich dir mitbringen kann?"

„Wie wär's mit einem Pfund Gehirn?"

Er grinste. „Ganz schön flapsig, die junge Frau."

„Habe ich nicht gesagt, dass ich Berlinerin bin?", fragte sie.

„Na, dann wäre das jetzt unzweifelhaft geklärt", sagte er, während er etwas auf ein Blatt Papier kritzelte. „Hier ist meine Handynummer", sagte er und verabschiedete sich.

Annas Erinnerungen

Mama hatte Anna nie viel aus Papas und ihrem gemeinsamen Leben erzählt, ebenso wenig wie von ihrem Job, zumindest keine Details. Aber sie war mit Leidenschaft Staatsanwältin gewesen, durchdrungen von dem Gedanken, das Richtige zu tun und die Bösen dorthin zu bringen, wo sie hingehörten, um die Guten zu schützen.

Mama hatte Anna beigebracht, dass es nur ein Gut und ein Böse gab, und sie hatte von ihr gelernt, dazwischen sehr genau zu unterscheiden.

Ihre Eltern hatten erst geheiratet, nachdem ihr Vater die Diagnose Bauchspeicheldrüsenkrebs erhalten hatte. Papa war gestorben, als sie fünf Jahre alt war. Annas Erinnerungen an ihn waren schemenhaft, waren es die Fotos oder waren es tatsächliche Anlässe, an die sie sich entsann?

In ihrem bewussten Leben hatte es nur Mama und Anna gegeben. Papa war trotzdem immer präsent gewesen, als Kind hatte sie ihn sich in einem langen, weißen Gewand vorgestellt mit zwei riesigen, goldenen Flügeln auf dem Rücken.

„Papa wird immer auf dich aufpassen", hatte Mama versprochen, „er ist jetzt dein Schutzengel."

Anna hatte ihr geglaubt und immer auf seinen Schutz vertraut. Dass Papa vielleicht nicht im Himmel sein könnte und gütig auf sie herabblickte, wurde ihr erst später klar. Nämlich an dem Tag, als sie Mamas Safe öffnete.

Anna hatte im Krankenhaus überlegt, wie es weitergehen sollte. Nachdem die Polizei die Wohnung ihrer Mutter endlich freigegeben hatte, musste Anna sich zwingen, noch einmal zurück in diese Räume zu gehen, wo sie eine glückliche Jugend verbracht hatte, ihre Mutter aber so grausam ermordet worden war.

Sie hatte die Polizei darum gebeten, allein in die Wohnung zu gehen, um ein paar persönliche Dinge als Erinnerung mitzunehmen, allerdings nicht ohne einen Bewacher vor der Tür. Danach würde die Wohnung freigegeben werden, Anna hatte ein Unternehmen damit beauftragt, die Wohnung aufzulösen. Es brach ihr zwar fast das Herz, denn nicht nur die wundervolle Wohnung, auch die Möbel, die Gemälde, die Bücher, das Geschirr aufzugeben, fühlte sich an wie ein Verrat an ihrer Mama und ihrem gemeinsamen Leben. Allerdings wusste sie, dass sie all das weggeben musste, denn sie würde immer wieder das gequälte, verschwollene Gesicht ihrer sterbenden Mutter darin sehen, niemals hätte sie in dieser Wohnung oder mit ihren Sachen leben können.

„Safe", hatte ihre Mutter ihr noch zuraunen können, sie hatte dieses Wort ganz deutlich verstanden.

Davon hatte Anna der Polizei nichts erzählt. Mama hatte ihr Jahre vorher die Kombination verraten. „Du darfst niemals und niemandem davon erzählen", hatte sie Anna angewiesen.

Anna vermutete, dass der Inhalt des Safes der Grund gewesen war, deretwegen der Mann ihre Mutter so grausam gefoltert hatte. Doch Mama hatte die Nerven behalten und den Inhalt des Safes mit ihrem Leben verteidigt. Würde sie heute noch leben, wenn sie dem Mann verraten hätte, wo ihr Safe war und was sie darin aufbewahrte?

Den Safe hatte Annas Mutter sehr geschickt hinter den Schubladen des offenen Kleiderschranks in ihrem Ankleidezimmer einbauen lassen. Man fand ihn nur, wenn man die Schubladen mit ihrer Unterwäsche und ihren Strümpfen ganz herauszog. Meine Mutter hatte dort niemals Schmuck aufbewahrt. „Ich lasse mich doch nicht für eine Brosche abstechen", hatte sie gesagt. Ihr Schmuck lagerte in einer Lederkassette, die gut sichtbar auf der Ablage in ihrem Ankleidezimmer stand. Außerdem war Mama nicht so der Schmucktyp, sie gehörte nicht zu den Frauen, die sich pfundweise mit Gold behängten. Wofür brauchte sie also überhaupt einen Safe?

„Da findest du mein Testament und ein paar Unterlagen, auch über deinen Vater", hatte sie mir erklärt. „Das ist alles nur für dich bestimmt, falls mir etwas zustoßen sollte."

Was Anna außer einigen Akten dort fand, war Bargeld. Viel Bargeld: zweihundertfünfzigtausend Euro.

Lenas Albträume

In der Nacht träumte sie. Wahrscheinlich hatte Lena auch in den vergangenen Nächten geträumt, aber sie konnte sich daran nicht mehr erinnern. Aber als sie an diesem frühen Morgen schweißgebadet aufwachte, war sie noch mitten in diesem Traum gefangen. Es war kein guter Traum, eher ein Albtraum. Sie war auf einer Beerdigung. Es waren viele Menschen da, und sie hasste sie alle. Wieso, wusste sie nicht, aber dass sie diese Menschen nicht leiden konnte und sie ablehnte, dieses Gefühl war so real, dass sie es noch nach dem Aufwachen in sich spürte. Wer beerdigt worden war, hatte ihr der Traum nicht verraten, dafür war das Gefühl ganz stark gewesen, dass diese Menschen nichts auf diesem Friedhof verloren hatten. Die Gesichter der Menschen waren nicht zu erkennen gewesen. Was hatte das zu bedeuten?

Als sie der Neurologe zu ihrer täglichen Sitzung abholte, erzählte sie ihm von ihrem Traum. „Was bedeutet das?", fragte sie ihn.

„Das kann vieles bedeuten, das Unterbewusstsein schickt nie eindeutige Botschaften", sagte er. *Doch, doch,* dachte sie, *er ist eindeutig das Orakel von Delphi.*

Es war ein Freitag, und das bereitete ihr Kopfzerbrechen. Denn natürlich würde die Botschaft am Wochenende keine Antwort aus Berlin bekommen. Sie konnte also nur hoffen, dass sie bereits tags zuvor tätig geworden waren.

„Normalerweise sind unsere Patienten begeistert, wenn ich ihnen die frohe Botschaft überbringe, dass sie nach Hause entlassen werden", sagte das Orakel von Delphi.

Lena sah ihn ängstlich an. War es jetzt so weit, würden sie sie auf die Straße setzen?

„Wir sind der Ansicht, dass wir hier nichts mehr für Sie tun können", sagte er.

„Und wo soll ich jetzt hin?"

„Ihre Botschaft wird sich um Sie kümmern."

„Wissen die denn, dass ich hier entlassen werde?", fragte Lena. „Und wie komme ich dahin?"

„Sie werden sicher von der Botschaft hören", sagte er.

Na prima, die ließen sie hier im Ungewissen liegen. Gott sei Dank hatte sie die Telefonnummer von Frau Kraushaar, so dass sie sie informieren konnte.

„Wann werden Sie mich entlassen?"

„Morgen früh", sagte der Arzt.

Immerhin ließen sie ihr ein paar Stunden Galgenfrist, bevor sie sie auf die Straße setzten.

In Panik rief sie bei der Botschaft an, als sie wieder in ihrem Krankenzimmer war. Frau Kraushaar sei in der Mittagspause. Na prima. Sie wählte die Nummer von Lucas Handy, um ihm die frohe Nachricht zu übermitteln. Aber sie erreichte nur seine Voicemail.

In den vergangenen Tagen hatte sie sich ein wenig mit den anderen Frauen in diesem Krankenzimmer angefreundet. Sie kommunizierten zum Teil mit Händen und Füßen, aber ihr schien, dass sie sich für sie verantwortlich fühlten. Italienische Gastfreundschaft, sozusagen.

Die Frauen merkten sofort, dass etwas nicht stimmte. Eine mittelalte, strohblond gefärbte Frau namens Sofia übersetzte für den Rest der Belegschaft, da sie am besten von allen Englisch sprach.

„Das kann nicht wahr sein, die schmeißen dich einfach raus!", rief sie empört.

„Sie können nichts mehr für mich tun", informierte sie ihre Kolleginnen.

„Und nun?" Die Frauen, die das Bett verlassen konnten, scharrten sich um sie.

„Keine Ahnung, die sagen, dass sich die Botschaft um mich kümmern wird", sagte Lena.

„Bullshit", sagte die Strohblonde, deren Gesichtszüge sie ein wenig an Anna Magnani erinnerten. Lena schaute sie an und dachte, wie seltsam es war, dass sie ein Gesicht an eine lang verstorbene Schauspielerin erinnerte und sie sogar noch ihren Namen wusste, während sie sich weder selbst im Spiegel wiedererkannte noch an den Vornamen ihrer Mutter erinnerte. Anna Magnani und Käthe Kollwitz. Absurd.

Dass sie nicht mal ihr Spiegelbild erkannte, schob sie darauf, dass sie mit dem Verband und ungewaschenen Haaren ungepflegt und ramponiert aussah. Reine Eitelkeit also, versuchte sie sich Mut zu machen.

Die Frauen redeten durcheinander über ihren Kopf hinweg, sie verstand kein Wort. „Was sagen sie?", fragte sie Anna Magnani.

„Dass du den jungen Mann anrufen sollst, der wird dich retten."

Lena musste laut lachen. Vor ihrem inneren Auge sah sie Luca auf einem Schimmel mit wehendem Umhang ins Krankenhaus reiten, ihr Retter in der Not.

„Den kenne ich doch gar nicht, den habe ich erst am Trevi-Brunnen kennengelernt." Natürlich hatte sie den Frauen von ihrem Unfall erzählt.

Anna Magnani übersetzte, und die Frauen lachten. Sie kam sich vor wie in einem Harem. Aurelia, eine ältere Frau, die ganz hinten am Fenster lag, sagte etwas auf Italienisch, was offensichtlich breite Zustimmung fand.

Lena schaute Sofia fragend an.

„Der Junge ist in dich verliebt", sagte sie.

Jetzt war sie diejenige, die „Bullshit" sagte. Das verstanden die Frauen und lachten. „Du wirst ja rot. Du bist also auch verliebt."

Mit denen war nicht zu reden, auch wenn ihr ihre Anteilnahme wohltat.

Allerdings fiel ihr auch nicht mehr ein, als die Botschaft zu kontaktieren und Luca Bescheid zu geben. Sie brauchte nur ein bisschen Geduld, die Frau mit den Spaghettihaaren würde sicher bald von ihrer Mittagspause zurückkommen. Sie konnte nur hoffen, dass sie sich nicht in ein frühes Wochenende verabschiedet hatte.

Lena warf einen Blick auf das Ziffernblatt ihrer Armbanduhr. Kurz vor zwei. Wie lange dauerte die Mittagspause in der Passabteilung der deutschen Botschaft? *Warte doch einfach noch eine Stunde*, sagte sie sich, aber die Panik nagte an ihr wie eine hungrige Ratte.

Um drei Uhr versuchte sie ihr Glück erneut. „Tut mir leid, da meldet sich niemand", sagte ihr eine freundliche Stimme. Das Telefon war wohl auf die Zentrale umgestellt worden. Aber auch, als sie um vier Uhr bei der Botschaft anrief, war Katrin Kraushaar noch nicht zurück. Lena wurde immer nervöser, was konnte sie tun?

Natürlich traute sie sich nicht, Luca anzurufen. Er musste sicher arbeiten, da wollte sie ihn nicht stören. Um halb fünf hatte sich weder die Botschaft gemeldet, noch war die Frau mit den Spaghettihaaren zurück im Büro. Freitag ab eins macht jeder seins? War das auch hier so üblich? Ihr wurde ganz schlecht, sie sah sich bereits auf einer Parkbank in den Gärten der Villa Borghese nächtigen.

War ihre Armbanduhr stehen geblieben? Die Minuten schienen sich zu Stunden zu dehnen, sie konnte schließlich nicht alle zehn Minuten bei der Botschaft durchklingeln. Um fünf Uhr war ihr Mut unter das Nullniveau gesunken, trotzdem machte sie noch einen letzten zaghaften Versuch, Katrin Kraushaar zu erreichen.

„Ich fürchte, Sie müssen Montag wieder anrufen", sagte ihr die freundliche Frau in der Zentrale. „Frau Kraushaar hat wohl schon Feierabend gemacht."

„Hören Sie, ich warte dringend auf eine Nachricht von ihr. Hat sie vielleicht einen Stellvertreter, gibt es irgendjemanden, den ich fragen kann, wie meine Angelegenheit steht?"

„Ich versuche Sie mal zu verbinden", sagte sie, ohne ihr einen Namen zu nennen. Es tutete und tutete und tutete.

Nach gefühlten fünf Minuten meldete sich die Zentrale wieder: „Da scheint im Moment niemand zu sein."

„Aber Sie müssen doch einen Notdienst am Wochenende haben oder so was?" Lena merkte, dass sie fast schrie.

„Ja, wir haben einen Notdienst am Wochenende. Aber heute ist noch nicht Wochenende, es ist Freitag. Am besten, Sie rufen morgen Vormittag wieder an."

Lena musste ihren gesamten Vorrat an guter Erziehung aufbringen, um sich freundlich bei der netten Stimme zu verabschieden.

Also doch Villa Borghese. Fassungslos legte sie sich auf das Bett und starrte tränenlos die Decke an. Sie musste Luca um Hilfe bitten. Aber wie sähe diese Hilfe aus?

Kurz vor halb acht kam Luca, fröhlich wie immer, bewaffnet mit einer großen Pizza.

„Damit du endlich mal was Ordentliches zu beißen bekommst, das Essen hier soll ungenießbar sein", sagte er.

Sie hatte sich über das Essen nicht beschwert, sie hatte andere Probleme. Aber ihre Leidensgenossinnen in dem Zimmer bekamen regelmäßige Essenslieferungen von ihren Verwandten oder Freunden, und da Italiener offensichtlich Angst vor dem Hungertod hatten, waren das riesige Portionen, von denen sie ihr großzügig abgaben.

„Hey, was ist los?", fragte er, als er ihr verzweifeltes Gesicht sah.

„Sie schmeißen mich hier morgen raus, und in der Botschaft ist niemand, der mir sagen kann, wie es weitergeht", sagte sie leise.

„Mist! Wieso ist niemand in der Botschaft, seit wann weißt du das?"

„Ich versuche die seit heute Mittag zu erreichen, aber die Kraushaar hatte sich da wohl schon ins Wochenende verabschiedet. Ich soll morgen den Notdienst anrufen. Ich schätze, die Parkbank in der Villa Borghese ist angesagt."

„Kommt nicht infrage, ich regle das", sagte er. „Komm, iss erstmal die Pizza, sonst wird die pappig. Ich hoffe, du magst Prosciutto."

Er öffnete die Pappschachtel und reichte ihr ein Stück Pizza in einer Serviette. Die Gespräche im Raum waren verstummt. Alle beobachteten sie, sogar ihre brabbelnde Nachbarin hatte aufgehört zu brabbeln. Dabei verstanden die doch kein Wort.

Brav biss sie von der Pizza ab, sie hatte weder Hunger noch Appetit, aber es war süß von ihm, dass er ihr etwas mitgebracht hatte, und sie wollte ihn nicht vor den Kopf stoßen.

„Mach dir keine Sorgen, das biegen wir hin", sagte er.

„Wie willst du das machen? Es scheint überhaupt niemand mehr da zu sein in dieser verfluchten Botschaft, ich könnte im Strahl kotzen!"

Er lachte. „Wenn du fluchst, bist du auf dem Weg der Besserung. Ich kümmere mich drum, du schlaf erst mal ruhig, und morgen Vormittag sehen wir weiter. Dein Arzt ist sicher nicht mehr da, aber ich werde einen Talk mit den Schwestern halten, dann erfahre ich, wann du wegmusst. Bleib ganz ruhig, Villa Borghese ist keine Option!"

„Ich komme mir so verdammt hilflos vor."

„Entzückend, ich liebe hilflose Frauen."

„Willst du etwa deshalb Arzt werden?", fragte sie ihn.

Er sah sie mit zusammengekniffenen Augen an und schien zu überlegen. „Da könnte was dran sein", sagte er grinsend.

Lena merkte, dass er sie aufheitern wollte. Was hatte sie erwartet? Dass er eine Lösung aus dem Hut zauberte wie ein weißes Kaninchen?

„Vielleicht hat die Botschaft ja etwas vorbereitet, die Kraushaar hatte vorgehabt, mit dem Arzt zu sprechen, der muss doch schon gestern gewusst haben, dass sie mich rauswerfen."

„Vielleicht. Aber das müssten sie dir wenigstens mitteilen", sagte er.

Sie sah, wie es hinter seiner hohen Stirn arbeitete. Er machte sich tatsächlich Sorgen um sie, schien es ihr aber nicht zeigen zu wollen.

„Okay, Lena, ich geh dann mal und versuche mein Glück bei den Schwestern."

„Sagst du mir noch Bescheid, was du erfahren hast?"

„Klar", meinte er und erhob sich. Mehr als ein Stück der Riesenpizza hatte sie nicht herunterbekommen.

Nachdem er die Tür hinter sich geschlossen hatte, kamen die verstummten Damen wieder aus ihren Betten. „Und, was hat er gesagt?", fragte Anna Magnani.

„Er fragt die Schwestern, wann sie mich hier raus-werfen."

„Und dann kommt er dich holen", sagte Anna Magnani.

„Quatsch, wohin sollte er mich denn bringen, er ist bei seiner Großtante zu Besuch."

„Er wird dich holen", sagte Sofia und übersetzte. Die anderen Frauen stimmten ihr nickend zu.

Es dauerte mehr als eine halbe Stunde, bis Luca wieder erschien.

„Ich hole dich morgen früh um halb acht Uhr ab, und dann klären wir das mit der Botschaft vor Ort. Ich muss erst um zehn Uhr arbeiten, es bleibt also noch genug Zeit."

„Du bringst mich zur Botschaft?"

„Ja, klar, du hast ja nicht viel Gepäck, was du packen musst. Und jetzt schlaf, du brauchst dir keine Sorgen zu machen."

„Danke", sagte sie. Zumindest das Problem des Transports zur Botschaft hatte sich damit erledigt.

„Siehst du, wir haben es dir gesagt", frohlockte Sofia, als Luca gegangen war.

„Er bringt mich zur Botschaft", sagte Lena.

„Ja, ja", sagte Sofia und übersetzte. Die Frauen lachten sie aus.

„Mögt ihr Pizza? Ist aber schon ein bisschen kalt", sagte sie.

Sie mochten Pizza. Alle. Und Aurelia spendierte

dazu eine halbe Flasche Rotwein, die ihr Mann ins Krankenhaus geschmuggelt hatte.

Annas Abschied von Mama

Man hatte mit der Beerdigung so lange gewartet, bis Anna das Krankenhaus wieder verlassen konnte. Zu ihrer Sicherheit hatte man sie vom Martin-Luther-Krankenhaus in das St. Hedwig-Krankenhaus zur Traumatherapie verlegt.

Wobei Anna durchaus klar war, dass die Verlegung hauptsächlich ihrer Sicherheit diente, denn hier konnte sie abgeschirmt und überwacht werden, ohne größere zusätzliche Kosten zu erzeugen, während man versuchte, den Mörder ihrer Mutter zu ermitteln.

Halb Berlin schien von der getöteten Staatsanwältin Petra Ellwanger Abschied nehmen zu wollen. Die Polizei hatte den Friedhof engmaschig überwacht, die Justizsenatorin war ebenso gekommen wie die Generalstaatsanwältin, Mamas Mitarbeiter im Bereich Organisierte Kriminalität, den sie geleitet hatte, Richter und Staatsanwaltskollegen vom Landgericht Moabit, und auch die Mordkommission war geschlossen angetreten. Doch die Hoffnung, dort auf den Mörder von Annas Mutter zu stoßen, erfüllte sich nicht.

Natürlich war Tante Sanne da, sie war schließlich Mamas beste Freundin gewesen, und Mamas Freunde

Birgit und Rainer, Gabi, Micha, Lole und Matze, die ehrlich um sie trauerten. Sie hatten Anna aufwachsen sehen, konnten sie jedoch nicht mal bei der Beerdigungszeremonie im Arm halten, denn Anna war zu ihrem Schutz umringt von Polizisten. Also von Fremden, die, wie Anna fühlte, hier nichts zu suchen hatten. Auch ihre eigenen Freunde, die ihre Mutter bereits seit ihrer gemeinsamen Schulzeit kannten, wurden zu Annas Sicherheit nicht an ihre Seite gelassen.

Anna stand stumm und starr an der Urne ihrer Mutter. Sie fühlte die vielen Menschen hinter sich, aber sie kannte die meisten davon nicht. An diesem Tag hasste sie alle, jeden einzelnen. Wie sie ihr „herzlichstes Beileid" ausdrückten, ihr die Hand reichten, mitleidige Blicke zuwarfen, am liebsten hätte Anna geschrien: Lasst mich doch allein mit Mama, ich will in Ruhe Abschied von ihr nehmen, ihr habt hier nichts zu suchen!

Die Presse war nicht zugelassen worden, trotzdem hatten sich vor dem Friedhof die Fotografen gedrängelt. Da die Polizei das vorausgesehen hatte, war Anna angewiesen worden, unbedingt einen Hut und einen schwarzen Schleier zu tragen, damit man sie auf den eventuell aufgenommenen Fotos nicht identifizieren konnte.

Anna hatte den Vorteil, dass sie den Geburtsnamen ihrer Mutter trug, während ihre Mutter nach der Hochzeit mit ihrem Vater seinen Namen angenommen hatte.

Zia Chiara

Wieder hatte Lena in der Nacht einen Albtraum, allerdings konnte sie sich am Morgen nicht an den Inhalt erinnern. Sofia saß auf ihrem Bett und schüttelte sie wach, sie hatte wohl laut geschrien. Es war kurz nach Sonnenaufgang, und sie war schweißgebadet. Kurz darauf kamen die normalen morgendlichen Quälgeister in Gestalt der Schwestern, die ihre Vitalfunktionen maßen und in Tabellen eintrugen.

Lena stand auf und wusch sich hinter dem Vorhang, am liebsten hätte sie sich auch die Haare gewaschen, was sie sich aber wegen des Verbandes nicht traute.

Kurz vor acht kam wie versprochen Luca. „Ich habe dich schon bei den Schwestern abgemeldet, die Entlassungsunterlagen hole ich am Montag ab", sagte er. „Können wir?"

Lena verabschiedete sich von ihren Leidensgenossinnen und nahm zum Abschied die brabbelnde Maria herzhaft in die Arme und drückte ihr einen Kuss auf ihre runzlige Wange. „Grazie mille", sagte sie zu den Frauen, und dann ließ sie sich von Luca aus dem Krankenhaus führen. Sie war erstaunt, dass sie sich in einem riesigen Krankenhauskomplex befand, das hatte sie aus dem Fenster heraus gar nicht wahrgenommen.

„Ob die Passabteilung in der Botschaft schon geöffnet hat?", fragte sie ihn, als sie in einen dunkelblauen Fiat 500 eingestiegen waren.

„Wir fahren nicht zur Botschaft, Tante Chiara hat befohlen, dich in ihr Apartment zu bringen", sagte er. „Und Tante Chiara widerspricht man nicht", fügte er lächelnd hinzu, während er sich in den noch spärlichen Samstagmorgenverkehr einfädelte.

„Aber sie kennt mich doch gar nicht?"

„Und du kennst die Italiener nicht", sagte er. „Wir sind ein gastfreundliches Land, du kannst das arme Kind doch nicht den Beamten überlassen, nachdem sie hier beklaut wurde, hat sie gesagt. Ich soll dich einladen, das Wochenende in ihrem Apartment zu bleiben. Und am Montag ist dann auch die Frau mit den Spaghettihaaren wieder da."

„Oh je, das ist mir aber peinlich. Hat sie denn genug Platz in ihrem Apartment, sie hat wie viele Tiere, sagtest du?"

„Sieben Katzen, zwei Hunde, einen Papagei und ein Zwergkaninchen. Ja, ist schon etwas eng, wird aber gehen", sagte er grinsend.

Vor ihrem inneren Auge erschien eine weiß gelockte, zahnlose alte Frau, die in einem Apartment mit drei winzigen Zimmern lebte, die vollgestellt waren mit klobigen Eichenmöbeln. Dazwischen standen Tierkäfige, und auf dem geblümten Sofa residierten sieben Katzen. Sie vermeinte bereits jetzt den durchdringenden Geruch von Katzenstreu und Vogelfutter zu riechen und das Knurren der Hunde zu hören, wenn Luca eine Fremde mit ins Haus brachte.

„Aber ich will deiner Großtante auf keinen Fall Arbeit machen", sagte sie.

„Wenn Zia Chiara niemanden betutteln kann, ist sie unglücklich", sagte Luca. „Mach dir also keine Gedanken."

Natürlich machte sie sich Gedanken. Auf der einen Seite. Auf der anderen war sie froh, nicht allein in die Ungewissheit der deutschen Botschaft entschwinden zu müssen.

Das Apartmenthaus von Tante Chiara schien nicht weit entfernt vom Krankenhaus zu liegen, es handelte sich um ein modernes, lehmfarbenes Haus unweit vom Kolosseum, in der Via Celimontana. Luca parkte in einer der schrägen Parkbuchten. Sie fragte ihn, ob es schwierig sei, in diesen engen Straßen einen Parkplatz zu finden.

„Hier nicht, die Parkplätze sind für Anwohner reserviert." Er zeigte auf ein Schild. „Dann komm!", sagte er, als sie ausgestiegen war, und führte sie zum Eingang des Hauses. Sie war erstaunt, wie elegant das Treppenhaus wirkte, es war mit Fliesen aus Carrara-Marmor ausgelegt.

„Tante Chiara wohnt ganz oben", sagte er und hielt

ihr die Tür zu einem für ihren Geschmack viel zu schmalen Fahrstuhl auf.

Als sie oben ankamen, stand Zia Chiara bereits in der Tür.

„Da ist ja das arme Kind", sagte sie. Auf Deutsch. Luca schob sie zu seiner Tante, die ihr eine Hand reichte und sagte: „Na, dann kommen Sie mal rein in die gute Stube!"

„Guten Tag", sagte Lena verlegen. Sie hatte sich im Auto überlegt, was sie zu seiner Großtante zur Begrüßung sagen sollte. Allerdings war sie durch das Haus und die herzliche, deutsche Ansprache komplett überrumpelt. Auch sah Zia Chiara so ganz anders aus, als sie sich Lucas Großtante vorgestellt hatte. Sie war dünn und winzig, höchstens einen Meter vierzig hoch, ohne dabei zerbrechlich zu wirken.

„Sie sprechen ja Deutsch!", sagte sie erstaunt und sprudelte dann weiter: „Entschuldigung, ich bin Lena Breitenbach, vielen herzlichen Dank für die Einladung."

„Nun geh erst mal rein." Luca schob sie durch die Tür. „Ich habe ihr nicht erzählt, dass du mal Dolmetscherin bei den Vereinten Nationen warst", sagte Luca.

„Wow", entfuhr es Lena. „Sie sprechen wirklich total akzentfrei!"

„Kein Wunder, ich bin in Meran geboren." Sie sah auf die Uhr. „Luca, du musst dich beeilen, deine Touristen warten!"

„Oh je, stimmt. Ich muss euch zwei jetzt allein lassen", sagte er. „Streng Lena nicht zu sehr an, Tante Chiara, sie ist noch nicht gesund", ermahnte er sie, gab ihr einen Kuss auf die Wange und ließ Lena mit seiner Tante allein.

„Luca hat mir erzählt, dass Sie zwei Hunde haben, die haben ja gar nicht gebellt?"

„Die hätten Ihnen vor Freude das Gesicht abgeschleckt, wenn sie hier wären, aber meine Haushälterin ist gerade mit den beiden Gassi gegangen. Ich zeige Ihnen erst mal Ihr Zimmer, damit Sie wissen, wo Sie heute Nacht schlafen können. Und bitte sagen Sie doch Chiara zu mir, Schätzchen."

Konnte diese Frau Mitte achtzig sein, fragte sie sich. Es war weniger ihr Aussehen, sondern ihre temperamentvolle und herzliche Art, die ihr die Ausstrahlung einer viel jüngeren Frau verlieh.

Lena sah sich in dem kleinen Flur um, es gingen fünf Türen von dem quadratischen Raum ab, der ebenso wie der Hausflur mit Carrara-Marmor ausgelegt war. Chiara bugsierte sie zu einer der beiden Türen auf der Stirnseite des Flurs und bat Lena, ihr zu folgen.

Zu ihrem größten Erstaunen befand sie sich in einem langen Gang, von dem links mehrere Türen abgingen. „So, hier haben wir noch ein kleines Gästezimmer für Sie frei", sagte Chiara und öffnete die Tür zu einem entzückenden Zimmer mit einem Himmelbett und langen, weißen Vorhängen vor den französischen Fenstern. „Das Bad finden Sie hier", sagte sie und öffnete eine schmale Tür in dem Raum, die in ein ebenfalls mit Carrara-Marmor gefliestes Duschbad führte.

„Ich habe Ihnen schon Handtücher hingelegt", erklärte Chiara. „Wenn Sie wollen, können Sie duschen, das ist im Krankenhaus nicht so gut möglich, denke ich."

„Ach, ich würde so gern duschen, vor allem würde ich mir gerne die Haare waschen, aber ich traue mich nicht, wegen des blöden Verbands."

In dem Moment hörte sie, wie draußen jemand etwas laut auf Italienisch rief, und dann war auch schon das Kratzen von Krallen auf den Fliesen und das Hecheln von Hunden zu vernehmen. Ehe sie sich versah, befand sie sich umringt von zwei bellenden Tieren, die dabei so begeistert mit dem Schwanz wedelten, dass gar sie nicht dazu kam, vor ihnen Angst zu haben.

„Darf man die anfassen, oder beißen die?"

Chiara nahm sie in den Arm und rief den beiden etwas auf Italienisch zu. „Haben Sie Angst vor Hunden?"

„Nein, ich hatte auch mal einen, ich liebe Hunde", sagte Lena.

„Nun, streicheln ist das Mindeste, was die Buben erwarten", sagte Chiara. Die zwei setzten sich brav hin und schauten sie erwartungsvoll an. Lena ging zwischen ihnen in die Hocke und bot ihnen ihre Hände als Geruchsprobe an. Das schien ihnen zu gefallen, und so wagte sie es, die beiden zu streicheln, was dazu führte, dass sie sie fast umwarfen vor Freude, was Chiara gerade noch verhindern konnte.

Lena lachte, und Chiara half ihr auf. „Was ist das für eine Rasse?", fragte Lena.

„Segugio Italiano."

„Nie gehört", gab sie zu.

„Das sind sehr liebe Jagdhunde, die beschützen mich." Lena fand, dass die beiden lustig aussahen, sie waren mittelgroß, hatten viel zu lange Ohren, dafür aber eine lange, edle Schnauze und lange Beine. Einer der beiden war hellbraun und schwarz, der andere einfarbig.

„Darf ich vorstellen, Lorenzo und Matteo", sagte Chiara, die ihren Hunden ein wenig ähnlich sah.

Tante Chiara war keine Schönheit, obwohl ihre Gesichtszüge durchaus edel geschnitten waren. Eigentlich gab es keine Stelle in ihrem Gesicht, die nicht irgendwie tiefe Furchen aufwies, was wohl vor allem ihrer überbordenden Mimik zu verdanken war, so dass die Falten ständig in Bewegung schienen. Die schmalen Lippen waren blutrot geschminkt, auch da, wo sie eigentlich keine Lippen mehr hatte. Die halblangen, sicherlich gefärbten Haare hatten den Ton von zu lange auf der Wärmeplatte gestandenem Kaffee und sahen aus, als ob ein Kind mit der Schere daran rumgeschnippelt hätte. Lena fragte sich, ob dies auf einen superteuren italienischen Hair-Designer zurückzuführen oder Marke Eigenbau war. Nichts an Tante Chiara sah gestylt aus. Ihre Hände, die womöglich noch mehr Falten aufwiesen als ihr Gesicht, waren arthritisch verkrümmt und die Fingernägel kurz geschnitten. Sie trug eine enge graue Hose und eine bunte Tunika, beides eher H&M als Versace.

„Luca hat mir erzählt, Sie hätten sieben Katzen, ich habe noch gar keine gesehen", sagte Lena.

„Die verstecken sich, wenn Besuch kommt. Vermutlich auf der Terrasse. Wollen wir doch mal schauen", sagte sie und öffnete das französische Fenster. Es wies auf eine schmale Terrasse, die wohl einmal um das ganze Haus herumführte. Aus einem Terrakottakübel, in dem ein verknöcherter Olivenbaum sein karges Dasein fristete, löste sich ein weiß-graues Wollknäuel.

„Wir haben Lucia beim Schlafen gestört", sagte Chiara lächelnd. Lucia interessierte Lena im Moment weniger, sie war überwältigt von der Aussicht.

Die Straße war zwar relativ schmal, und wenn man geradeaus schaute, sah man auf ein älteres terrakottafarbenes Haus. Aber als sie nach rechts guckte, stockte ihr der Atem: Man blickte direkt über die schirmförmigen Kronen von Pinien, den römischsten aller Bäume, auf das Kolosseum.

„Wow", entfuhr es ihr. „Was für eine Aussicht!"

„Kommen Sie, Schätzchen", sagte Chiara, und Lena folgte ihr zur Stirnseite des Hauses, von wo aus man diesen umwerfenden Ausblick direkt genießen konnte. Lorenzo und Matteo folgten ihnen auf dem Fuß.

„Wollen wir hier einen Cappuccino trinken?", fragte sie und wies auf zwei Stühle und ein Tischchen, die gerade noch in dem schmalen Gang Platz fanden. „Das ist mein Lieblingsplatz, ich genieße es, den Touristen beim Touristensein zuzuschauen. Unten ist es weniger lustig", fügte sie hinzu. „Wir haben wirklich ein Touristenproblem."

„Gern", sagte Lena und setzte sich auf den ihr zugewiesenen Platz, während Chiara durch eine geöffnete Tür neben dem Sitzplatz „kurz in der Küche verschwand". Lorenzo folgte ihr schwanzwedelnd, während Matteo sie aufmerksam bewachte.

Wie groß war dieses Apartment eigentlich?, fragte Lena sich. Der umlaufende Balkon war nirgendwo geteilt, wenn der zu Chiaras Apartment gehörte, dann erstreckte sich ihre Wohnung über das ganze Haus. *Krass*, dachte sie, *das kann doch hier kein Mensch bezahlen!*

Kurz darauf kam Chiara wieder. „Ich habe nur schnell Emilia Bescheid gesagt, dass wir hier sind", erklärte sie atemlos.

„Ist das alles Ihre Wohnung?"

„Wie man es nimmt, hinten rechts wohnt meine Emilia."

„Wie viele Zimmer haben Sie?", fragte Lena beeindruckt.

„Acht. Glaube ich."

„Das ist unfassbar schön hier", sagte Lena.

„Ja, ich liebe es auch. Mein Mann hat es gehasst, wissen Sie, er war Sizilianer. Ein Sizilianer ist nur glücklich, wenn er um sein Haus herum einen Olivenhain, Wein- und Tomatenstöcke hat. Ich habe ihm vor jedes Fenster einen Olivenbaum gestellt", sagte sie und drapierte ihre Falten rund um den Mund zu etwas, das wie ein diabolisches Grinsen aussah.

„Warum sind Sie dann nach Rom gegangen?", fragte Lena.

„Bis er siebenundsechzig war, haben wir in der Nähe von Palermo gelebt. Das habe ich gehasst, aber das nur unter uns. Er war immer in der Politik aktiv, in der Lokalpolitik. Berlusconi hat ihn dann nach Rom berufen. Er hatte verschiedene Ministerämter."

„Ihr Mann ist gestorben?", fragte Lena.

„Schon vor mehr als zehn Jahren", sagte sie. Lena schaute sie an, der Faltenwurf in ihrem Gesicht verriet keine besondere Trauer.

„Und seitdem sitzen Sie hier ganz allein mit Ihrer Haushälterin in Rom?"

„Na, ganz allein nicht, ich habe eine ziemlich große Familie, fünf Söhne, sechzehn Enkel, Neffen, Nichten, Cousins, Cousinen und zwei Hunde und sieben Katzen."

„Und ein Zwergkaninchen und einen Papagei", ergänzte Lena. „Wo ist der Papagei?"

„Im Wohnzimmer. Wenn er nicht gerade einen

Wutanfall hat und laut schimpfend im Tiefflug das Apartment durchquert. Er flucht wie ein Sizilianer."

Lena musste schmunzeln. Chiara hatte innerhalb von nicht mal einer Stunde ihr Herz erobert.

In dem Moment kam Emilia mit dem Cappuccino. Chiara stellte sie vor, sagte ihr aber, dass Emilia – Typ quadratisch, praktisch, gut – nicht eine Silbe Deutsch spreche, von Englisch ganz zu schweigen. *Na gut*, dachte Lena, sie hatte ohnehin nicht die Absicht, Emilia Anweisungen zu geben.

„Und Ihre Söhne leben auch in Rom oder in Sizilien?", fragte Lena.

„Wo denken Sie hin, das wäre ja zu schön, um wahr zu sein. Nur zwei meiner Söhne leben in Italien, der Rest ist über die ganze Welt verteilt."

„Aber Sie haben oft Besuch? Deshalb das coole Gästezimmer?"

„Davon habe ich mehrere, irgendeiner meiner Enkel, Großenkel, Neffen, Nichten, Söhne, Cousins und Cousinen und was weiß ich noch alles ist immer hier. So wie Luca. Er ist der Enkel meiner Schwester, die hat auch einen Sizilianer geheiratet. Dabei hatte ich sie gewarnt. Aber jetzt ist meine kleine Schwester auch schon seit vier Jahren tot. Krebs, dabei hat sonst niemand von unserer Familie je diese blöde Krankheit gehabt."

Chiara hatte eine dunkle, fast männliche Stimme, Lena schätzte, dass sie früher viel geraucht hatte.

„Und Sie haben für die Vereinten Nationen gearbeitet?", fragte sie.

„Ja, ganz früher, bevor ich Steffano kennenlernte. Steffano war mein Mann. Jetzt habe ich aber genug schwadroniert, erzählen Sie mir ein bisschen von sich", sagte sie und legte die Beine auf den Rücken von Lorenzo, der das mit einem zufriedenen Seufzen goutierte.

„Ich kann Ihnen gar nicht viel von mir erzählen, denn wenn ich es könnte, wäre ich nicht hier", sagte Lena.

Chiara nickte. „Ich habe gehört, dass Sie auf den Kopf gefallen sind, als man Ihnen die Handtasche geraubt hat, und sich an nichts mehr erinnern können."

Luca hatte ihr offensichtlich die ganze Geschichte erzählt. Lena nickte, während Chiara ihr ihre Leidensgeschichte weitererzählte, so dass sie eigentlich gar nichts sagen musste, die alte Dame liebte es zu plaudern.

„Ach, ich liebe Berlin. Wir waren sehr oft in Berlin, mein Mann und ich, wissen Sie, damals, als er noch Minister war, und auch später, einer meiner Jungs lebt dort, Enrico, mein Zweitjüngster", schwärmte sie.

Lena schloss die Augen und ließ sich die warme Sonne ins Gesicht scheinen. Innerhalb von noch nicht mal einer Stunde hatte Chiara ihr ihre Familiengeschichte erzählt. Dabei sprach sie in einem Tempo, um das sie jeder Formel-eins-Pilot beneidet hätte. Sie hatte tatsächlich die Angewohnheit, jede Frage, die sie stellte, selbst zu beantworten, so dass Lena manchmal nicht mal ja oder nein sagen musste, um ihren Redefluss in Gang zu halten.

„Sie wollten doch duschen, ich kann Ihnen eine Haube geben, dann geht das gut mit dem Kopfverband."

Lena folgte ihr über den Balkon ins Gästezimmer, wo Chiara sie kurz allein ließ, um ein paar Minuten später mit etwas zurückzukommen, was aussah, als ob man es über eine Schüssel zum Frischhalten von Speisen ziehen sollte.

Lena schmunzelte, Chiara klopfte aufs Bett. „Setzen Sie sich mal, Kind", sagte sie und stülpte ihr das Ding über den Kopf. Sie mussten beide lachen, denn Lena konnte die Operation in dem großen, goldgerahmten Spiegel, der über einer antiken Anrichte hing, verfolgen.

„Lassen Sie mich mal was probieren, Kindchen", sagte Chiara, und dann zog sie Lenas vordere Haare einfach unter diesem Deckel hervor, ebenso die Enden ihrer hinteren Haare.

„Schick, das müsste halten!"

Lena fasste sich auf den Kopf, tatsächlich saß dieses Ding fest, und sie würde zumindest einen Großteil ihrer Haare waschen können.

„Danke, Sie sind so was von einem Schatz!", sagte Lena.

„Wir treffen uns in einer Stunde im Wohnzimmer zum Essen, ja?"

Schnell zog Lena sich aus, ging in das elegante Badezimmer und drehte die goldenen Wasserhähne auf. Was für ein Luxus! Außerdem gab es hier alles, was man brauchte, um sich wohlzufühlen, sogar eine noch verpackte Zahnbürste und Zahnpasta waren vorhanden.

Diese Haube schützte tatsächlich ihre Wunde, Lena hätte vor Dankbarkeit fast geweint. Während das warme Wasser auf sie prasselte, sah sie sich vor einem Spiegel sitzen, ihre Mutter bürstete ihr die Haare, sie lachten beide. Es war nur ein kurzes Bild, das vor ihrem inneren Auge aufleuchtete, aber es war die erste Erinnerung an ihre Mutter, die wiederkam. Es fühlte sich warm an.

Nachdem sie sich abgetrocknet, angezogen und mit dem Föhn, der an der Wand hing, ihre Haare getrocknet hatte, setzte sie sich auf das Bett und betrachtete sich in dem goldgerahmten Spiegel. Sie sah mit dem frisch geföhnten Pony schon viel besser, aber immer noch fremd aus. Als sie ihre Schminksachen aus ihrer Handtasche holen wollte, fiel ihr ein, dass sie ja keine Handtasche mehr hatte. Aber der spontane Wunsch, sich aufzuhübschen, zeigte ihr, dass sie wohl regelmäßig Make-up getragen hatte.

„Mittagessen, Schätzchen!" Chiara hatte den Kopf in ihr Zimmer gesteckt, nachdem sie laut geklopft und Lena „Herein" gerufen hatte.

Sie folgte ihr in ein riesiges Wohnzimmer, also genau genommen waren es zwei riesige Wohnzimmer, die ineinander übergingen, der vordere Teil diente als Esszimmer. Ein Teil von einem schönen, alten Refektoriumstisch war mit einem weißen Leinentuch bedeckt. Darauf standen zwei Gedecke.

„Ich knabbere mittags nur ein wenig, ich hoffe, es reicht Ihnen, mein Kind. Wir essen abends immer richtig, mittags ist es eh zu heiß."

Auf dem Tisch stand eine Platte mit gedünstetem Gemüse, Parmaschinken, Mozzarella und Tomaten, bei deren Anblick ihr das Wasser im Mund zusammenlief.

„Einen Schluck Wein dazu?", fragte Chiara.

„Gern", sagte Lena, nachdem der Wein von Aurelia keinen größeren Schaden an ihrem lädierten Gehirn angerichtet hatte.

Lena langte zu, registrierte aber sehr wohl, dass Chiara aß wie ein Spatz, ein Scheibchen Zucchini, ein Schnitz Aubergine, ein winziges Stückchen Mozzarella. Kein Wunder, dass die alte Dame so dünn war. Dafür langte sie beim Weißwein ordentlich zu. Chiara schien nach dem Prinzip zu leben: Das bisschen, was ich esse, kann ich auch trinken.

„Ich habe mich vorhin an meine Mutter erinnert", sagte Lena mitten hinein in eine Abhandlung über die Tischsitten in Italien im Allgemeinen und denen in Chiaras Haushalt im Speziellen.

„Ihre Erinnerung kommt langsam zurück?"

„Sie haben mich an meine Mama erinnert", sagte Lena, „als Sie mir diese Küchenhaube aufgesetzt haben. Das hat übrigens gut funktioniert, danke noch mal!"

„Sie sehen auch schon viel besser aus, Kindchen."

Nach dem Essen brachte Emilia Espresso, und Chiara rief eine Siesta aus. Lena war es recht, denn ihre Gastgeberin hatte ihr beim Wein nachgeschenkt, und der tagsüber ungewohnte Alkohol begann ihre Sinne zu vernebeln.

Lena ließ sich auf das Bett fallen und war innerhalb von Sekunden in einen tiefen, traumlosen Schlaf gefallen, den ersten seit Tagen.

Als es an der Tür klopfte, schoss sie hoch, was umgehend für einen heftigen Kopfschmerz sorgte.

Familie

Natürlich war auch das Bundeskriminalamt in den Fall der getöteten Oberstaatsanwältin einbezogen worden. Europol, die beim BKA angesiedelt waren, fand in dem Blut des Angeschossenen einen Gen-Match zu einem in Italien inhaftierten Angehörigen der Cosa Nostra.

Nur aufgrund einer Verwandtschaft konnte natürlich niemand verhaftet und eines Verbrechens angeklagt werden, zumal diese Familien groß und weit über Europa und die USA verstreut lebten, sie hatten mitunter über fünfhundert Mitglieder.

Das Motiv des Überfalls auf die Oberstaatsanwältin blieb der Berliner Polizei ein Rätsel. Offiziell hatte sie nicht gegen die Cosa Nostra ermittelt.

War es denkbar, dass die Russen oder die Libanesen mit den Italienern zusammenarbeiteten?

„Unmöglich. Die italienische Mafia hat in Berlin so gut wie keine Bedeutung", hatte der ermittelnde Staatsanwalt Anna erklärt. „Es kann überhaupt nur eine einzige Person in Berlin der Cosa Nostra zugeordnet werden, von organisierter Kriminalität kann man da wahrlich nicht reden."

In den vergangenen zehn Jahren waren von der Berliner Staatsanwaltschaft nur neun Ermittlungsverfahren gegen Personen mit italienischem Hintergrund eingeleitet worden, die mutmaßlich der organisierten Kriminalität zugerechnet werden konnten. Dabei ging es um Falschgeld, um Betrug und in einem Verfahren um Drogen.

Es gab in Berlin auch keine gemeinsamen Ermittlungsgruppen mit italienischen Strafverfolgungsbehörden wie in anderen Bundesländern.

„Logo", hatte Anna der Mann von Europol beim BKA erklärt, „wenn es null Sachbearbeiter gibt, die null Verfahren einleiten, dann gibt es eben auch null Mafia in Berlin. Die rennen heute nicht mehr mit Maschinenpistolen durch die Stadt oder schlagen zahlungsunwilligen Gastwirten mit dem Mobiliar den Schädel ein. Wer Leichen mit Beton an den Füßen erwartet, kann lange warten. Was die Mafia zuallerletzt braucht, ist öffentliche Aufmerksamkeit, das stört nur ihre Geschäfte. Und jede Festnahme bedeutet erst mal eine Schwächung der Familie. Aber seien Sie versichert, liebe Frau Schreiber, jede der größeren Mafia-Familien hat in Berlin mindestens einen unauffälligen Statthalter, der Anweisungen aus Italien erhält. In der Hauptstadt betreibt die Mafia sogenannte White-Collar-Kriminalität, Berlin ist ein guter Investitionsort und natürlich Rückzugsgebiet. Gewinne aus illegalen Geschäften wie Falschgeld, Glücksspiel, Wettbetrug, Müllverklappung oder Drogenhandel werden hier in legale Unternehmen umgeleitet."

„Aber das Landeskriminalamt müsste darüber doch informiert sein", hatte Anna entsetzt gesagt. Denn offiziell schienen die LKA-Fahnder bei den Themen Geldwäsche, Vermögenswerte, Immobilien, Baugewerbe, Dienstleistungen, Gastronomie, oder Nahrungsmittelproduktion ahnungslos die Schultern zu zucken.

„Ham wa nich, kriegn wa och nich wieda rein", hatte Anna in feinstem Berlinerisch ironisch festgestellt, ein Satz, den sie öfter von ihrer Mutter gehört hatte.

Detektivspiel

Lena hatte den späten Nachmittag damit verbracht, mit Chiara und „den Jungs", wie sie ihre Hunde nannte, einen kleinen Spaziergang zu machen. Allerdings merkte sie schnell, dass sie noch nicht fit war, ihr Kopf schmerzte und sie hatte leichte Kreislaufbeschwerden. Trotzdem machte es ihr Spaß, mit einer Einheimischen durch die engen Straßen in ihrem Kiez zu laufen.

Vor einem Laden blieb Chiara stehen. „Sie brauchen sicher frische Unterwäsche und vielleicht ein, zwei neue T-Shirts." Sie zog einen 50-Euro-Schein aus der Tasche und gab ihn ihr.

Lena protestierte: „Das geht doch nicht!"

„Doch, Kindchen, doch, das können Sie mir später wiedergeben."

Es war ihr peinlich, trotzdem war sie erleichtert, denn sie hatte sich bereits darüber Sorgen gemacht, was sie in den nächsten Tagen, bis sie nach Hause kam, tragen sollte. Chiara wartete draußen mit den Hunden, während sie das Innere des kleinen Ladens stürmte, der offensichtlich auf Touristenbedarf ausgelegt war.

„Hier duftet es ja köstlich", rief Luca, als er am frühen Abend nach Hause kam. Das stimmte, Emilia hatte den ganzen Nachmittag in der Küche gestanden, und das Ergebnis konnte sich sehen lassen: Es gab zur Vorspeise in Milch gebratenen Fenchel – Finocchi al Latte –, und danach überraschte sie Emilia mit köstlichen Agnolotti, die sie mit Rindfleisch, Spinat und Tomaten gefüllt und in Salbeibutter geschwenkt hatte. Als kleine Nachspeise servierte sie ein Limoncello-Tiramisu. Lena war erstaunt, wie schnell Luca bereits die zweite Flasche Wein aufmachen musste.

„Ich habe heute noch mal darüber nachgedacht, was du gesagt hast", meinte er nach dem Essen zu ihr. „Du meintest, dich genau zu erinnern, mit welcher Fluggesellschaft du nach Hause fliegen wolltest. Wie war das doch gleich?"

„Mit Eurowings um sechzehn Uhr zehn, am letzten Sonntag", sagte Lena wie aus der Pistole geschossen.

„Das ist sehr ungewöhnlich", erklärte Luca seiner Großtante, „dass sich jemand, der eine Amnesie hat, so detailliert an einen Termin erinnert, der nach dem Unfall liegen sollte. Das hat mich die ganze Zeit beschäftigt."

„Aber das ist doch hochinteressant", sagte Tante Chiara. „Ist das so festgeschrieben?"

„Nein, jede Amnesie ist anders, aber es gibt natürlich gewisse Regularien, die als gesetzt gelten."

„Wenn ich dich richtig verstanden habe, ist das Gebiet noch nicht so genau erforscht", sagte die Tante.

„Man weiß tatsächlich sehr wenig darüber", sagte

er, „mangels Forschungsobjekten. Das Phänomen ist ziemlich selten."

Chiara lehnte sich in ihrem Sessel zurück und lächelte, Lena glaubte zumindest, dass es ein Lächeln war, Chiaras stets in Aufruhr befindlichen Falten legten sich wie Plissee über ihre Wangen.

„Über die Fluggesellschaft könnten wir vielleicht deine Kreditkartennummer herausfinden, zumindest, mit welcher Kreditkarte du bezahlt hast, so könnten wir an deine Bank und deine Adresse gelangen", sagte Luca.

„Detektivarbeit, ich verstehe", sagte Chiara. „Los, kommt, ich liebe Detektivspielen. Wann wollten Sie noch mal nach Hause fliegen?"

„Am vergangenen Sonntag, um sechzehn Uhr zehn mit Eurowings", sagte Lena.

„Hast du das mal nachgeprüft?", fragte Chiara ihren Großneffen.

„Nein, wieso?"

„Schau doch mal in deinen Computer, ob es diesen Flug überhaupt gibt", sagte Chiara.

Sie zweifelten also an ihren Angaben. Sollte sie sich deshalb schlecht fühlen? Sie war sich nicht so sicher.

Luca nahm sein Smartphone heraus und gab in irgendeine Reiseseite die Flugdaten ein.

Chiara zwinkerte ihr zu und goss ihnen beiden noch ein Glas Weißwein ein.

Lena beobachtete Luca, wie er scrollte, neu eingab,

den Kopf schüttelte und das ganze wiederholte. Dabei sah sie, wie sich seine Miene verdüsterte.

„Krass", sagte er. „Es scheint tatsächlich keinen Flug von Rom nach Berlin mit Eurowings um diese Tageszeit am Sonntag zu geben."

„Bist du sicher?", fragte Tante Chiara.

„Ja, hundert Prozent. Hattest du einen Direktflug?", fragte er sie.

„Äh ja, natürlich."

„Es gibt keine Direktflüge von Rom nach Berlin. Jedenfalls nicht von Eurowings. Die gehen entweder über Köln-Bonn oder Düsseldorf, mit reichlich Aufenthalt. Wer fliegt denn fünfeinhalb Stunden für ein Wochenende nach Rom?"

„Ich bestimmt nicht", sagte Lena und merkte, wie ihr Mut noch mehr sank.

„Vielleicht hat sich Lena bei der Fluggesellschaft geirrt, geht denn gar kein anderer Flug von Rom nach Berlin?", sagte Chiara.

„Doch, elf Uhr fünfzig Ryanair und neunzehn Uhr Easy Jet."

„Fuck", entfuhr es Lena. Sie war sich so sicher gewesen.

„Fuck, Fuck", ahmte sie der Papagei aus der Ecke nach.

„Also doch keine Erinnerung, die Schulmedizin hat gesiegt", sagte Luca. Sie meinte, einen leisen Triumph in seiner Stimme zu hören.

„Aber Sie sind sicher, dass Sie aus Berlin kommen?", fragte Chiara. Auf ihrem Schoß hatte sich laut schnurrend eine dicke, graublaue Perserkatze niedergelassen, die Chiara gedankenverloren streichelte.

„Ziemlich sicher. Denn mir sind viele Straßen und Plätze der Stadt eingefallen", sagte Lena.

„Na, immerhin kanntest du auch den römischen Park Villa Borghese." Luca war offensichtlich skeptisch geworden.

„Ja, aber ich habe mich an Häuser und Plätze erinnert, die man als Tourist in Berlin im Allgemeinen nicht kennt."

„Im ehemaligen West- oder im Ostteil?", wollte Chiara wissen.

„Im Westteil, im Südwesten Berlins, um genau zu sein", sagte Lena. „Ich habe mich an alte Unigebäude erinnert."

„Apropos Uni, wissen Sie, was Sie für einen Beruf haben? Oder studieren Sie noch oder sind in der Ausbildung?", fragte Chiara.

„Das weiß ich nicht, ich habe mir darüber auch schon einen Kopf gemacht", gab sie zu.

„Zumindest hast du keinen Berliner Dialekt", sagte Luca. „Nicht mal einen Mini-Dialekt, wenn du fluchst."

„Stimmt, Lena spricht ein absolut reines Hochdeutsch", sagte Chiara. „Was entweder dafür spricht, dass Sie aus der Gegend von Hannover stammen oder aber aus einem Elternhaus, das Wert auf eine korrekte, dialektfreie Sprache legte."

Was sollte sie dazu sagen. Zu Hannover fiel ihr gar nichts ein. Hannover Messe. Und sonst? Nichts.

„Also auf jeden Fall stammt Lena nicht aus Süddeutschland, denn weder Schwaben noch Bayern schaffen es, komplett dialektfrei zu sprechen", sagte Luca, dessen leicht rollendes R Lena äußerst charmant fand. Er hatte recht, auch wenn er Hochdeutsch sprach, konnte man an dem R hören, dass er in Süddeutschland aufgewachsen war.

„Gibt es denn noch eine Gegend, von der Sie etwas wissen?"

„Das habe ich mich auch gefragt, aber mir ist nichts eingefallen, was über Touristenwissen hinaus gehen würde."

„Dann können wir Berlin wohl als gesetzt ansehen", sagte Chiara. „Sind Sie in Gedanken auf etwas gestoßen, was uns vielleicht Ihren Beruf näherbringen könnte?"

„Das Einzige, was mir aufgefallen ist, sind die Gebäude. Ich habe mich an ein Jugendstilhaus erinnert. Also ich wusste, dass es Jugendstil war."

„Ach, das ist interessant", sagte Chiara und stand auf. Hinter dem Esstisch erstreckte sich ein raumhohes Bücherregal von der einen Wand zur anderen. Die Bücher mussten gut sortiert sein, denn Chiara ging direkt auf eine Stelle zu und kam mit einem dicken Kunstband zurück zum Esstisch.

„Noch ein Schlückchen Champagner?", fragte Chiara.

Luca nickte. Lena traute sich nicht nein zu sagen, obwohl sie fand, dass sie bereits mehr als genug Alkohol intus hatte.

Während Luca den Champagner öffnete, schlug Chiara den Kunstband auf. Es handelte sich um ein Architekturbuch, wie sie feststellte. Sie rückte ganz nah an Lenas Platz heran und zeigte auf eine Seite, auf der ein Haus in Barcelona zu sehen war.

„Wissen Sie, wer der Architekt war?", fragte Chiara.

„Gaudí", sagte Lena, da musste sie nicht lange überlegen, „Antoni Gaudí i Cornet."

Chiara blätterte weiter. „Und das da?", fragte sie und zeigte auf ein Foto der Nationalgalerie in Berlin.

„Mies van der Rohe, Neue Nationalgalerie", sagte Lena.

Auf der nächsten Seite gab es ein Haus, aus dem ein Wasserfall niederging.

„Frank Lloyd Wrights Fallingwater in Pennsylvania", sagte Lena, ohne nachzudenken.

„Wow", staunte Luca, „das hätte ich jetzt nicht gewusst."

Chiara grub weiter. Sie zeigte ein Gebäude, auf dem „MetLife" stand.

„Walter Gropius, ehemaliges Pan-Am-Gebäude, New York."

„Und das hier?"

„Burj Khalifa in Dubai, Adrian Smith."

„Sie müssen beruflich etwas mit Architektur zu tun haben, erstaunlich, dass Sie von diesen Gebäuden den Architekten kennen", stellte Chiara fest. „Und wie ist das mit Baustilen?"

Sie zeigte ihr ein Gebäude.

„Eindeutig Hochrenaissance", sagte Lena.

„Woran erkennen Sie das?"

Lena zeigte auf das Foto. „Hier, sehen Sie, die horizontale Linie ist stark betont, und die einzelnen Stockwerke werden durch Gurtgesimse gegliedert. Im Sockelbereich haben wir rustikales Mauerwerk, während die darüber liegenden Stockwerke eine Fachwerkstruktur aufweisen. Eindeutig Renaissance."

„Und das?"

„Das ist Bauhausarchitektur. Bruno Taut, würde ich denken."

„Tante Chiara, du bist wirklich gut. Also entweder ist Architektur Lenas Hobby, oder sie studiert Architektur oder ist Architektin. Kannst du uns einen Plan von einem Haus zeichnen?"

Lena schaute ihn verständnislos an. „Einen Plan? Ich, ich glaube nicht."

„Lasst uns noch einen Schlummertrunk nehmen", schlug Chiara vor.

Als sie um halb eins endlich ins Bett gehen durften, waren weder Luca noch Lena nüchtern. Chiara hatte sie eindeutig unter den Tisch getrunken. Dafür wussten sie jetzt, dass Lena zwar keine Architektin war, aber zumindest erhebliches Interesse an Baustilen und Architektur hatte.

Lena – Blutrausch

Die Schreie hörten sich unmenschlich an. Wer schrie denn da so? Als sie die Tür öffnete, sah sie Blut. Überall Blut. Auf dem Boden, an den Wänden, auch das Sofa war blutgetränkt. Und dann hörte sie das Winseln des Hundes.

„Hilfe", schrie sie und wusste sogleich, dass sie niemand hören würde. Sie musste dem Hund helfen. War das Tier verletzt? Langsam tastete sie sich vor, aber sie rutschte aus auf dem Blut. Sie sah den Kopf des Hundes unter dem Sofa hervorragen, seine sterbenden Augen sahen sie flehentlich an. Wie konnte sie dem kleinen Kerl nur helfen? Sie lag in dem Blut und versuchte aufzustehen, fiel aber immer wieder hin.

Wo kam das ganze Blut nur her? Es war, als ob irgendwo eine Quelle war, aus der das Blut sprudelte. War der Hund die Quelle? Was war passiert? „Hilfe!", schrie sie erneut, und dann wurde sie brutal nach vorn gerissen.

„Lena, wach auf!"

„Der Hund, ich muss dem Hund helfen", wollte sie sagen, aber sie brachte keinen Ton heraus. *Weg, nur weg hier*, dachte sie und wollte sich losreißen, aber sie konnte sich nicht bewegen, sie fühlte sich wie gelähmt, und gleichzeitig wusste sie, dass sie wegrennen musste, so schnell wie möglich musste sie hier weg. Ihr Leben war in Gefahr.

„Lena, du hast böse geträumt, komm, wach auf!" Sie versuchte, die Augen zu öffnen, sie waren tränenblind, oder war es der Angstschweiß, der ihr in die Augen gelaufen war?

„Luca?" Sie konnte kaum sprechen.

„Lena, es ist alles okay, du bist in Sicherheit."

„Wo bin ich?"

„Du bist bei uns, bei Tante Chiara in Rom."

Langsam kehrte sie in die Wirklichkeit zurück. Sie schüttelte sich und merkte, dass sie schweißgebadet war. „Danke", sagte sie zu Luca, der anscheinend auf dem Bett saß und sie geweckt hatte. Sehen konnte sie ihn nicht, was nicht nur an den Tränen und dem Schweiß in ihren Augen lag, sondern an den geschlossenen Vorhängen vor den halb geöffneten Fenstern in einer Neumond-Nacht.

Luca schaltete das Nachttischlicht an. „Wow, du bist ja ganz nass", sagte er. „Das war wohl ein schlimmer Albtraum?"

Lena ließ sich zurück in das Kopfkissen sinken und versuchte, die grausigen Bilder aus ihrem Kopf zu verbannen.

„Weißt du noch, was du geträumt hast?"

Lena schloss die Augen, und wieder sah sie das Blutbad vor sich. „Ich habe Angst."

„Du brauchst entschieden eine warme Dusche", sagte Luca. „Und ein frisches T-Shirt."

Wie eine Mutter begleitete Luca sie ins Gästebadezimmer und drehte die Wasserhähne in der begehbaren Dusche auf.

„Was machst du hier, wieso bist du hier?", fragte Lena. Dabei merkte sie, dass sie zitterte. Vor Kälte, vor Angst?

„Du hast laut um Hilfe geschrien. Ich schlafe nebenan, und bei den geöffneten Fenstern schätze ich, dass du die ganze Via Celimontana aufgeweckt hast. Du musst wirklich einen entsetzlichen Albtraum gehabt haben. Kein Wunder bei all dem, was dich im Moment bedrückt."

Lena war verlegen, wollte, dass der Mann, der nur mit Boxershorts bekleidet war, aus dem Bad verschwand, damit sie endlich unter die Dusche konnte. Als ob er ihre Gedanken gelesen hätte, fragte er, ob er wieder zurück in seine Heia könne.

„Danke, dass du mich geweckt hast", sagte Lena.

Er nickte und ging. Schnell zog sie ihr durchweichtes T-Shirt und ihren Slip aus, stülpte sich Chiaras Topfabdeckung über den Schädel, stieg unter die Dusche und ließ sich von dem herrlich lauwarmen Wasserstrahl beprasseln, was ihre Lebensgeister langsam weckte. Danach wickelte sie sich in den blütenweißen

Bademantel ein, der an der Tür des Gästebads hing, und setzte sich damit auf den Toilettendeckel.

What the fuck … Was bitte schön war das gewesen? So einen entsetzlichen Traum hatte sie nicht mal als Kind mit Masern oder Windpocken mit hohem Fieber gehabt. Der Blick des Hundes in ihrem Traum verfolgte sie.

Lena ging zurück in das Gästezimmer, zog die Vorhänge beiseite und öffnete die Verandatür ganz weit. Eine frische Brise römische Luft wehte in den Raum. Oh, wie gut das tat. Es war, als ob sie jedes einzelne Bild ihres Traumes erstmal abschütteln, abwaschen und fortwehen lassen müsste. Sie sollte nicht so viel trinken, sagte sich Lena.

Langsam beruhigte sie sich und schlich zurück ins Bett, das ebenfalls feucht war. Deshalb ließ sie den Bademantel einfach an und legte sich auf die dünne Decke. Auch das Licht ließ sie an, wie ein Kind, das Angst vor der Dunkelheit hat. Aber kaum schloss sie die Augen, stürmten wieder die schrecklichen Bilder auf sie ein. *Unser blutbesudeltes, graues Sofa. Unser Sofa?*

Nicht einschlafen, Lena!, befahl sie sich. Nicht noch einmal in diesen entsetzlichen Albtraum abtauchen. Sie stand mit einem Ruck auf. Auf dem kleinen Schreibtisch unter dem goldgerahmten Spiegel hatte sie Schreibpapier, Umschläge und einen Kugelschreiber gesehen. Chiara war für Gäste gerüstet wie ein Fünf-Sterne-Hotel.

Lena setzte sich an den Schreibtisch und schrieb

auf, woran sie sich von diesem Traum erinnerte. Was man schwarz auf weiß sah, so hoffte sie, würde seinen Schrecken verlieren.

Gegen Morgen fiel sie dann doch in einen tiefen, traumlosen Schlaf.

Als sie aufstand, war es bereits nach acht. Sie fand Chiara in der Küche, wo sie im Stehen einen Kaffee schlürfte. „Gute Morgen, Schätzchen, haben Sie gut geschlafen?", fragte sie Lena.

„Eher nicht, ich fürchte, ich habe Luca geweckt."

„Der ist schon zur Arbeit, der fleißige Junge", sagte sie. „Sagen Sie mal, glauben Sie an Gott?"

Lena starrte sie an, als hätte sie einen Geist gesehen. „Spontan wollte ich nein sagen, aber ich fürchte, ich weiß es nicht", gab sie zu.

„Was halten Sie davon: Wollen Sie mit mir zur heiligen Messe gehen?"

Lena musste nicht lange überlegen. „Sehr gern begleite ich Sie."

„Na, dann kommen Sie, trinken Sie eine schöne Tasse Kaffee, und dann gehen wir", sagte Chiara.

„Emilia ist nicht da?", fragte Lena, als sie die Küche betrat.

„Wir wechseln uns ab, sie ist in der Frühmesse", sagte Chiara und goss ihr eine tiefschwarze Flüssigkeit ein, also das, was sie als Kaffee bezeichnete. In dem Moment flog der Papagei laut kreischend im Tiefflug in die Küche.

„Don Camillo, silenzio!", schrie Chiara.

„Silenzio, silenzio!", krächzte das Tier, nachdem es sich auf dem Küchenschrank niedergelassen hatte. Chiara reichte dem bunten Vogel ein Stückchen Brot. Er ließ sich auf ihrer Schulter nieder und begann zärtlich an ihrem Ohr zu knabbern.

Lena musste lachen, Chiara hatte sie bereits vorgewarnt, dass Don Camillo, wie sie den Papagei genannt hatte, ab und an ein wenig aufdrehte. Das Zwergkaninchen hatte Lena noch nicht zu Gesicht bekommen, das hielt Chiara in ihren privaten Räumen. Aber sie wusste schon, wie das Kaninchen hieß: Peppone.

Annas Metamorphose

Alle aktuellen Fälle der Oberstaatsanwältin Ellwanger waren von der Polizei durchforstet worden, Annas Mutter war vor allem mit den Taten der Berliner Clans beschäftigt, und wenn überhaupt ein spektakuläres Gerichtsverfahren bevorstand, so handelte es sich um Ermittlungen gegen die in Berlin ansässige russischsprachige Mafia.

Der von Anna beschriebene Mörder ihrer Mutter wurde nicht gefunden. Auch seine Blutspur brachte keine Erkenntnisse, der Mann war nicht vorbestraft. Doch Anna hatte ihn nicht nur angeschossen, sondern auch gesehen. Sie würde ihn wiedererkennen. Die Polizei war sich sicher, dass auch Annas Leben in Gefahr war. Aber man konnte sie schließlich nicht Tag und Nacht bewachen.

Deshalb war der Vorschlag der Kriminalpolizei für sie durchaus akzeptabel. Sie boten ihr an, dass sie in ein Zeugenschutzprogramm aufgenommen werden und in einer anderen Stadt, unter einem anderen Namen neu anfangen könne, bis dieser Fall geklärt werde.

Auch wenn sie ihre Heimat Berlin liebte, Charlottenburg, der Kiez, in dem sie großgeworden war, der Breitenbachplatz in Dahlem, wo sie eine schöne Dachwohnung bewohnte, hier erinnerte sie jede Ecke, jedes Restaurant, jedes Geschäft an ihre Mutter. Sogar ihre besten Freunde, mit denen sie zur Schule gegangen war, erinnerten sie an die Halloween-Partys oder Badeausflüge zum Wannsee, die ihre Mutter für sie organisiert hatte.

„Safe", hatte Annas Mutter gesagt. Als Anna die Papiere, die sie neben dem Bargeld in dem Safe gefunden hatte, durchgearbeitet hatte, wusste sie, warum ihre Mutter ihr gesagt hatte, dass sie niemandem davon erzählen soll. Anna hatte schmerzhaft begriffen, dass es niemanden in Berlin gab, dem sie vertrauen konnte.

Deshalb nahm Anna das Angebot an und ließ sich in das Zeugenschutzprogramm aufnehmen.

Die Beerdigung ihrer Mutter kam ihr vor wie ihre eigene. Sie ging hin als Anna und kam raus als Lena. Lena Brandstätter, sechsundzwanzig Jahre alt, mit einem Master in Kunstgeschichte.

Sie färbte ihre blonden Haare dunkel, ließ sich einen Pony schneiden, und alles, was sie tun musste, war eine Wohnung und einen Job finden und sich in ihrem neuen Leben einrichten. Der Job war schneller gefunden als die Wohnung in Hannover: Lena wurde Mitarbeiterin im Niedersächsischen Landesamt für Denkmalpflege. So langweilig sich ihre neue Identität anhörte, so willkommen war ihr dieses Leben, das wenig

Aufregung versprach. Anna wollte und musste erst einmal zur Ruhe kommen.

Dann würde sie als Lena weitersehen.

Lena in der Basilika Santa Maria in Domnica

Lena war gespannt, in welche der römischen Kirchen Chiara sie schleppen würde. Gerade in der Umgebung des Kolosseums befanden sich einige weltberühmte, uralte Kirchen. Sie gingen zu Fuß zur Via della Navicella. Merkte man Chiara, wenn sie sprach, ihr Alter kaum an, so musste sich Lena zurückhalten, nicht zu schnell zu laufen, da Chiara sich langsam und mühevoll bewegte. Die Jahre hatten wohl in den Gelenken ihre Spuren hinterlassen.

Die Basilika, in der der Gottesdienst stattfand, hieß Santa Maria in Domnica. Chiara erklärte ihr, dass die Basilika auf dem Scheitelpunkt des Monte Celia lag, einem der sieben Hügel, auf denen Rom erbaut war.

Das Läuten der schweren Kirchenglocken, die die Gläubigen zum Gebet riefen, lag wie ein Klangteppich über den Straßen der Ewigen Stadt. Viele Menschen, vor allem alte Frauen, strebten zu den Gottesdiensten, fein gemacht im Sonntagsstaat und mit feierlichem Gesichtsausdruck.

Auf einigen hundert Metern zählte sie drei Kirchen, eine mittelalterliche und eine, die sicherlich bereits aus der Antike stammte.

Bereits beim Betreten von Santa Maria in Domnica spürte Lena, dass sie sich zwar offenbar mit Baustilen, weniger aber mit Kirchenbauten auskannte. Was sicher daran lag, wie Chiara feststellte, dass Kirchen im Allgemeinen nicht in eine Architekturperiode fielen, sondern im Laufe der Jahrhunderte immer wieder an- und umgebaut worden waren. Diese Basilika wies viele Renaissance-Elemente auf, die ein wenig an Raffael erinnerten, dennoch war klar, dass die Kirche selbst viel älter sein musste.

Lena folgte Lucas Großtante zum Weihwasserbecken, wo Chiara die Finger eintauchte und sich bekreuzigte. Als sie den Mittelgang der Kirche passierten, deutete die alte Dame eine Kniebeuge an.

Da wusste Lena, dass sie ganz sicher nicht katholisch getauft worden oder gläubig war, denn diese Gesten wären ihr gewiss in Fleisch und Blut übergegangen, aber sie waren ihr fremd.

Als sie einen Platz auf den hölzernen Bänken der Kirche gefunden hatten, fröstelte sie in der Kälte der alten Mauern. In der Luft lag ein Hauch von Weihrauch, ein Geruch, der ihr ein seltsam geborgenes Gefühl gab.

Langsam füllte sich die Kirche, währenddessen hatte sie Zeit, sich umzusehen. Der Innenraum bestand aus drei Schiffen mit drei Altarnischen, die durch graue Granitsäulen mit korinthischen Marmorkapitellen unterteilt waren. Sie zählte achtzehn Säulen. Hinter dem

Hauptaltar wölbte sich ein riesiges Mosaik. Mutter Maria mit dem Jesuskind, umgeben von Engeln, vermutete Lena, obwohl das Jesuskind so gar nicht kindlich daherkam.

Die ersten Töne einer Orgel erfüllten das Kirchenschiff. Lena bekam eine Gänsehaut, die nicht von der Kühle des alten Gemäuers herrührte. Als der Priester und seine Begleiter einzogen, erhoben sich die Gläubigen von ihren Sitzen und begannen zu den jetzt kraftvollen Klängen der Orgel einen Choral zu singen: *Te Lodiamo Trinità.*

Leise begann sie mitzusingen, die Worte formten sich wie von selbst in ihrem Kopf: *Großer Gott, wir loben Dich, Herr, wir preisen Deine Stärke.*

Tränen rannen ihr aus den Augen. Sie kannte dieses Lied. Woher?

Und dann war sie plötzlich wieder Kind.

Die Hochzeit

Sie war so nervös. Würde sie alles richtig machen? Mama war nicht da, sie stand mit Tante Sanne in der Kirche und hielt den Korb mit den frischen Blütenblättern fest umklammert. Die große Kirche war bis auf den letzten Platz besetzt. Es roch nach Weihrauch.

Und dann sah sie sie. Mama kam durch den Mittelgang am Arm eines Mannes in einem schwarzen Anzug. Sie kannte den Mann nicht. Ganz in Weiß war Mama angezogen, mit einem kleinen Schleier und einem Strauß frischer weißer Pfingstrosen in der Hand. Sie war so wunderschön, sie wollte zu ihr laufen, aber Tante Sanne hielt sie zurück. „Du weißt doch, was wir geübt haben", flüsterte sie ihr zu. Mama und der Mann in Schwarz schritten an ihnen vorbei, Mama lächelte sie an. Der Mann führte ihre Mutter zum Altar, davor wartete ein dünner Mann, ebenfalls in einem schwarzen Anzug. Mama und Papa standen vor dem Altar und …

Mama und Papa?

„Großer Gott, wir loben Dich", sangen die Menschen in der Kirche. Nicht nur Tante Sanne weinte. Alle schienen zu weinen. Warum weinten sie? Sie hörte sie schluchzen. Nach, wie ihr schien, unendlich langer Zeit sagte ihre Tante: „Jetzt", und schob sie in den Mittelgang der Kirche. Anna begann großzügig ihre Blüten zu verstreuen. Doch sie war noch nicht mal in der Hälfte des Ganges angelangt, als ihr die Blüten ausgingen. Schnell lief sie zurück und sammelte einen Teil der Blüten wieder ein. Einige Besucher lachten leise.

Sie lachten sie aus. Sie hatte versagt, dabei war es doch wichtig gewesen, alles richtig zu machen. Mama und Papa haben geheiratet. *Großer Gott, wir loben Dich, Herr, wir preisen Deine Stärke.*

Fünf Monate später war Papa tot.

Chiaras Idee

Als sie beim Abendbrot mit Luca zusammensaßen, erzählte Chiara ihrem Großneffen begeistert von ihrem gemeinsamen Kirchenbesuch.

„Lena hat sich heute an ihren Vater erinnert", sagte sie.

„Super, erzähle", forderte sie Luca auf.

„Na, so super ist das gar nicht", sagte sie bedrückt.

„Es war keine gute Erinnerung, Lena hat viele Tränen vergossen", ergänzte Chiara.

Luca schaute sie aufmerksam an.

Was sollte sie erzählen? Es war alles so vage. Das Einzige, was Lena mit Sicherheit wusste, war, dass ihr Vater nicht mehr lebte. Nicht erst seit gestern, sondern seit fast zwanzig Jahren.

„Es war dieses Kirchenlied", sagte sie, „es hat mich an die Hochzeit meiner Eltern erinnert."

„Wie, du kannst dich an die Hochzeit deiner Eltern erinnern?", fragte Luca erstaunt.

„Sie scheinen kirchlich getraut worden zu sein, ich war noch klein und durfte Blumen streuen."

„Du meinst, deine Eltern haben erst kirchlich geheiratet, als du schon laufen konntest?"

„So muss es gewesen sein, ich erinnere mich daran, die Blumen gestreut zu haben", sagte sie und vermied, ihn direkt anzuschauen. Sie fühlte noch ganz deutlich die Scham, die sie damals empfunden hatte, als ihr klar wurde, dass sie die ihr gestellte Aufgabe, den Weg in ein gemeinsames Leben von ihren Eltern mit Blumen zu bestreuen, nicht richtig erledigt hatte.

„Das heißt, du entsinnst dich an deine Eltern", sagte Luca. „Das ist doch gut."

„Nein, es ist nicht gut, und es wird auch nie wieder gut werden. Mein Vater ist kurz darauf gestorben."

Chiara lehnte sich zurück und trank einen Schluck Wein.

„Ich habe darüber nachgedacht. Lena ist nicht katholisch erzogen worden, das habe ich an ihrem Verhalten in der Kirche gemerkt. Ich meine, es ist doch wie Rad- oder Autofahren, sich bekreuzigen und so, das geht einem in Fleisch und Blut über, das verlernt oder vergisst man nicht. Deshalb bin ich ganz sicher, dass Lena keine gläubige Katholikin ist. Vielleicht hatten ihre Eltern nur standesamtlich geheiratet. Wenn ihr Vater kurz nach der kirchlichen Trauung verstorben ist, könnte ich mir vorstellen, dass er vielleicht sehr krank war und die Eltern noch einmal vor Gott ihre Ehe besiegeln wollten. Das machen viele todkranke Menschen, sie heiraten einfach ein zweites Mal, bis dass der Tod sie scheidet."

„Wie traurig", sagte Luca und warf ihr einen mitleidigen Blick zu.

„Das Kirchenlied *Te Lodiamo Trinità* hat bei ihr eine Erinnerung ausgelöst."

„Großer Gott, wir loben Dich, ich hätte es mitsingen können. Und bei dem Geruch von Weihrauch wäre ich fast ohnmächtig geworden", gab Lena zu.

„Das ist oft so, dass Gerüche oder Musik Erinnerungen wachrufen", sagte Luca.

Chiara betrachtete nachdenklich ihren Großneffen.

„Luca, du bist blind!", sagte Chiara.

„Hä?" Er hob die Weinflasche und machte eine Geste, die so viel heißen sollte wie: *Noch ein Glas, Tantchen?*

Chiara nickte. „Ja, du siehst den Wald vor lauter Bäumen nicht!"

„Muss ich das verstehen?", fragte Luca.

„Du liegst mir seit Wochen mit deinem Dissertationsthema in den Ohren. Und jetzt schickt dir das Schicksal einen dicken Wink mit dem Zaunpfahl, und du siehst nur Lenas schöne Augen."

Bei dem letzten Satz war Lena rot geworden.

„Die sind ja auch nicht zu übersehen", setzte Luca noch einen obendrauf.

Lena wäre am liebsten unter den Tisch gekrochen. Chiara sagte etwas auf Italienisch, was sie nicht verstand. Er antwortete ebenfalls auf Italienisch. Innerhalb von Sekunden hatten die beiden eine hitzige Diskussion, der sie nicht folgen konnte. Da es um sie zu gehen schien, fühlte sie sich zunehmend unbehaglich.

„Luca, wir sind unhöflich, Lena versteht kein Wort!"

„Sorry, Lena, meine Großtante hat mir den Vorschlag gemacht, deine Amnesie als Aufhänger für meine Dissertation zu nehmen."

„Das liegt doch nahe", sagte Chiara. „Du brauchst nicht früher nach München zurück, sondern kannst mit Lena nach Berlin fahren und sie begleiten, bis sie sich wieder erinnern kann. Forschung mit lebendendem Menschen. Besser geht es nicht!"

„Das ist aber nicht sehr nett, Lena ist doch kein Forschungsobjekt", sagte Luca.

„Dein Interesse an Lena schließt ja nicht aus, dass du vielleicht einmal darüber nachdenken könntest, ob dich dieses Thema nicht interessieren könnte. Und gleichzeitig könntest du Lena damit helfen, ihrer Vergangenheit auf die Spur zu kommen und ihr Gedächtnis wiederzufinden. Was meinen Sie denn dazu, Lena?", fragte Chiara.

Lena wäre am liebsten schon wieder unter den Tisch gekrochen. Nein, sie war kein Forschungsobjekt, sie fühlte sich im Moment wie ein Frosch, den man auf den Seziertisch geworfen hatte.

„Morgen kann ich zur Botschaft gehen, und dann hat sich das Problem hoffentlich erledigt", sagte sie, um das Thema so schnell wie möglich zu begraben.

„Ich kann dich morgen nicht hinbringen, meine

131

Touristen warten pünktlich um acht darauf, dass ihr Führer ihnen das antike Rom näherbringt. Vor halb fünf Uhr bin ich nicht zurück."

„Kein Problem, ich kann Lena gerne zur Botschaft bringen", bot Chiara an.

„Das wäre super", sagte Luca. Und dann wechselte er das Thema und erzählte, wie er an diesem Sonntag ein Problem mit einem alten Mann gehabt hatte, der nach dem Besuch des Pantheons plötzlich verschwunden war. Luca konnte so lebhaft und farbig erzählen, dass man die Panik, die er wohl empfunden hatte, förmlich selbst fühlen konnte. Der alte Herr war verschwunden gewesen, ohne sich zu verabschieden, was allerdings erst im Bus bemerkt worden war, wo sowohl seine Handtasche als auch seine Jacke verblieben waren. Da die Tour einen engen Zeitplan hatte, konnten sie nicht lange warten, sonst hätten sie die Slots für die weiteren Besichtigungen nicht erreichen können. Was also tun?

Luca hatte die Mitreisenden gefragt, und die entschieden: Wir helfen suchen. Und so strömten fünfzig Touristen rund um das Pantheon aus, um nach dem alten Mann zu sehen. Als nur noch der Busfahrer im Bus war, kam der alte Mann zurück und fragte, wo denn der Rest der Mitreisenden geblieben sei, es sei doch nun wirklich Zeit zum Abfahren. In weiser Voraussicht hatte Luca bereits am Morgen eine WhatsApp-Gruppe erstellt, so dass alle schnell benachrichtigt werden konnten und die Fahrt fast pünktlich weitergehen konnte. Der Einzige, der nicht in dieser WhatsApp-Gruppe war, war der alte Mann gewesen, der sich beharrlich geweigert hatte, seine private Telefonnummer herauszugeben. Dafür hatte er sich – müde von der anstrengenden Tour – auf eine Mauer gesetzt und war wohl eingeschlafen.

„Manchmal frage ich mich, wie wir es geschafft haben, ohne Internet und WhatsApp zu überleben", sagte Chiara.

Lena spürte den Alkohol, und die Erinnerung an die Hochzeit ihrer Eltern lag wie ein Felsbrocken auf ihrer Seele. Sie wollte nur noch ins Bett und allein sein. Morgen würde sie Hilfe von der Deutschen Botschaft bekommen.

Hannover

Nach einigen Ikea-Gängen fand Lena, dass ihre neue kleine Wohnung in Hannover bewohnbar war. Sie hatte schließlich nicht vor, den Rest ihres Lebens hier zu verbringen. Ihre ersten Wochen in ihrem neuen Job als Denkmalschützerin hatten ihr gezeigt, dass spannende Aufgaben auf sie warteten. An ihren neuen Namen hatte sie sich schon fast gewöhnt, allerdings musste sie aufpassen, dass sie reagierte, wenn jemand sie rief. Was sie am schmerzlichsten vermisste, waren ihre Freunde in Berlin, sie konnte nicht mal jemanden anrufen, wenn das heulende Elend wieder mal bei ihr anklopfte.

Die Papiere, die sie aus Mamas Safe in Berlin mitgenommen hatte, hatte sie ebenso wie die zweihundertfünfzigtausend Euro in einem Schließfach bei ihrer neuen Sparkassenfiliale sicher verstaut. Allerdings wirkte allein das Wissen um diese Papiere wie ein Schwelbrand – lange hielt Lena es nicht aus, sich nicht mit dem Inhalt dieser Akten zu beschäftigen.

Die Angst wurde ihr ständiger Begleiter. Konnte sie sich sicher fühlen? Konnte ihre neue Identität geheim gehalten werden, oder war der Zeugenschutz so löcherig wie ein Schweizer Käse? Lenas Vertrauen in die Behörden war am Nullpunkt angelangt.

Wochenlang hatte sie sich ständig umgesehen, hatte sich in den Schaufenstern der Geschäfte gespiegelt und geschaut, ob sie verfolgt wurde. Jeden Tag versuchte sie, einen anderen Weg zum Amt zu nehmen, ansonsten verschanzte sie sich mehr oder weniger in ihrer Wohnung. Die Angst ließ sie nachts oft nicht schlafen. Aber das Gefühl, dass da eine Aufgabe auf sie wartete, dass die Arbeit ihrer Mutter weitergeführt werden musste, wurde immer drängender und schließlich stärker als ihre Angst.

Lena schaffte sich einen neuen Laptop an, allerdings nur, um damit im Internet zu recherchieren. Dabei achtete sie peinlichst darauf, keine Spuren im Netz zu hinterlassen, sie druckte die Seiten aus und löschte ihren Browserverlauf. Facebook, Instagram und X waren für sie Geschichte. Nie wieder würde sie im Netz ihr Gesicht zeigen.

Nachdem ihre Mutter getötet worden war, hatte sie erst verstanden, warum die Oberstaatsanwältin abends zu Hause Akten wälzte. Ihre Mutter hatte seit dem Tod ihres Mannes akribisch die Namen und Beziehungen all derer gesammelt, gegen die bereits ihr Vater ermittelt hatte. Sie, Anna, jetzt Lena, würde diese Geschichte zu einem Ende bringen müssen. Das war ihr Erbe.

In ihrem Wohnzimmer hatte Lena eine Wand mit

Korkplatten ausgestattet, an die sie jetzt all das pinnte, was sie abends und an den Wochenenden aus dem Netz zog.

Es war ein gigantisches Netzwerk, dem erst ihr Vater und dann ihre Mutter auf die Spur gekommen waren.

Annas Vater hatte ihre Mutter in deren erstem Semester in der Kantine der juristischen Fakultät in der Van't-Hoff-Straße in Dahlem getroffen, während er kurz vor dem zweiten Staatsexamen stand. Sie waren sich sofort darüber einig, dass die Rechtswissenschaft nur wenig mit ihrem eigenen Rechtsempfinden zu tun hatte. Annas Mutter träumte davon, Richterin zu werden, während Annas Vater zur Staatsanwaltschaft ging. Er machte sich schnell einen Namen als Hardliner im Kriminalgericht in der Turmstraße, während Annas Mutter im sechsten Semester mit Anna schwanger wurde und zunächst ihr Studium unterbrach, um sich im ersten Jahr ganz auf die kleine Anna konzentrieren zu können.

Es war sein erster Fall von organisierter Kriminalität, der Annas Vater einen gehörigen Karriereschub verlieh: Er ermittelte und klagte erfolgreich einen Berliner Unternehmer wegen illegaler Verklappung von kontaminiertem Müll auf einem ehemaligen Gelände der russischen Armee an.

Bei seinen Ermittlungen stieß er nicht nur auf Spuren organisierter Kriminalität mit internationalem Hintergrund, sondern auch auf Strukturen, die bis weit nach Italien reichten. Dies geschah zu einer Zeit, als Clankriminalität in Berlin noch ein Fremdwort war und es vor allem die osteuropäischen Banden waren, die im Fokus der Berliner Justiz standen. Einbrecherbanden aus dem Gebiet des ehemaligen Jugoslawiens und Kriminelle aus den Staaten der ehemaligen Sowjetunion beschäftigten die Polizei und verängstigten die Bevölkerung. Und jetzt kam auch noch Annas Vater und redete von der italienischen Mafia.

„Ham wa nich, kriegn wa och nich wieda rein", erzählte er seiner Frau über die Reaktion der Berliner Polizei, während diese ihre kleine Tochter stillte. Ihr Vater aber ließ sich nicht aufhalten und recherchierte weiter. Zu seinem Entsetzen musste er feststellen, dass die mafiösen Strukturen weit über die Müllabladeplätze in Potsdam und Jüterbog hinaus reichten. Annas Vater war einem kriminellen Netzwerk auf die Spur gekommen, dessen Arme nicht nur in die Dezernate des Landeskriminalamts, sondern bis in höchste Berliner Regierungskreise reichten.

Wie sollte er Gehör finden? Wie sollte er das beweisen? Die Polizei konnte – oder wollte – ihm nicht helfen, wozu im Dunkeln stochern, wenn so viel Mist am Tageslicht zu sehen war. Das Schlimmste für ihn war, dass seine Vorgesetzten kein offenes Ohr für sein Anliegen hatten, egal, welche Beweise er vorbrachte. Berlin war arm, wollte aber sexy sein, da spielte es keine Rolle, wo das Geld dafür herkam.

Und Geld floss. Viel Geld. Bestechungsgeld, auch, um bei EU-weiten Ausschreibungen den Zuschlag zu bekommen. Es waren immer wieder die gleichen Baufirmen oder Entsorgerbetriebe, die sich die Aufträge über öffentliche Ausschreibungen sicherten. Annas Vater hatte sich die Gesellschaftsstrukturen der Unternehmen angeschaut und schnell festgestellt, dass immer wieder dieselben Namen als Gesellschafter oder Geschäftsführer auftauchten. Namen, die auf italienische Wurzeln schließen ließen. Es handelte sich dabei um Unternehmen, die erhebliche Eigenmittel benötigten, um überhaupt auf internationalem Parkett mitspielen zu können. Wo aber kam dieses Geld her? „Follow the money", hatte er sich gesagt.

Aber die Geldströme waren nicht so einfach zu erklären. Er tastete sich in seiner eigenen Behörde langsam vor und stellte schier unglaubliche Verbindungen fest. Da niemand seinen Ermittlungen nachgehen wollte, war er es schließlich selbst, der sich als Detektiv betätigte. Zusammen mit seiner Frau besuchten sie regelmäßig die Restaurants, die er als Geldwaschanlagen ausgemacht hatte, er beobachtete Autowaschanlagen, sammelte Quittungen und arbeitete mit einem Studienfreund zusammen, der bei der Steuerfahndung inzwischen Karriere gemacht hatte. Kollegen kauften sich Wohnungen und Häuser, fuhren die neuesten Autos, obwohl sie nicht einen Pfennig mehr verdienten als er.

Selbst bei der Berliner Staatsanwaltschaft, in den oberen Rängen der Justiz- und Polizeibehörden bis hin ins Rathaus schien Geld zu fließen, die Berliner Investitionsbank schien ebenfalls involviert. Annas Vater bekam Bauchschmerzen. Heftige Bauchschmerzen, er konnte kaum noch etwas essen, musste sich ständig übergeben.

„Geh endlich zum Arzt", sagte seine Frau, die sein Jammern nicht mehr ertragen konnte.

„Wozu? Der ganze Mist ist mir auf den Magen geschlagen, das wird schon wieder."

Sein Freund bei der Steuerfahndung ließ sich versetzen.

Als ihr Vater zusammenbrach und Annas Mutter ihn mit dem Notarzt ins Krankenhaus hatte schaffen lassen, konnten die Ärzte nur noch Bauchspeicheldrüsenkrebs diagnostizieren. „Sechs Monate, Maximum", sagten ihm die Ärzte und rieten ihm, „seine Angelegenheiten" zu regeln.

Annas Vater regelte seine Angelegenheiten. Er stellte all seine Untersuchungsergebnisse zusammen und ging damit zu seinem höchsten Vorgesetzten, von dem er vermutete, dass auch dieser von dem kriminellen Netzwerk bestochen worden war. Allerdings konnte er das nicht beweisen. Er stellte damit die Falle auf, in die sein Chef erwartungsgemäß hineintappte: Annas

Vater wurde Schweigegeld angeboten. Vom Chef seines Vorgesetzten.

Er nahm das Geld an, denn damit hatte er einen Beweis in den Händen. Dafür händigte er seinem Vorgesetzten seine gesamten Ermittlungsergebnisse aus: ein Verzeichnis der Familien und Mitglieder der Cosa Nostra in Berlin und Brandenburg mit Beweisen für vertuschte Straftaten.

Aber das war nicht das Explosivste an seinen Ermittlungen: Er hatte all jene aus der Berliner und Brandenburger Politik und den Behörden namentlich und zum Teil mit Beweisen benannt, die sich von den Italienern hatten kaufen lassen.

Annas Vater hatte jeden Schritt mit seiner Frau besprochen, von allem eine Kopie angefertigt, die er seiner Frau hinterließ. Er vermutete richtig, dass die Italiener und seine Vorgesetzten glauben würden, er hätte sich das Leben wegen der Gewissensbisse genommen, weil er mit dem Bestechungsgeld vermeintlich seine Familie abgesichert hatte.

Der erste Schock über den Bargeldfund in dem Safe wich bei Anna bald dem blanken Entsetzen. Zunächst hatte sie geglaubt, dass auch ihr Vater sich von der Mafia hatte bestechen lassen und deshalb seine Untersuchungsergebnisse zurückgehalten hatte.

„Papa hat uns erspart, ihn leiden zu sehen", war die Begründung ihrer Mutter für seinen Selbstmord gewesen. Sie war zwölf Jahre alt gewesen, als Mama mit ihr

in den Berliner Grunewald gefahren und den Selbst-
mörderfriedhof besucht hatte. Dort erklärte sie Anna,
dass ihr Vater, von dem sie immer geglaubt hatte, dass
er an Krebs gestorben wäre, sich selbst getötet hatte.
Er habe sich aus Liebe erhängt, aus Liebe zu ihr, seiner
Tochter, die ihn nicht als todkranken Mann in Erinnerung behalten sollte.

Was Annas Mutter ihr nicht gesagt hatte, was aber
aus den Unterlagen eindeutig hervorging: Annas Vater
hatte sich zu einem spektakulären Selbstmord entschlossen in der Hoffnung, dass man nach seinen Mör-
dern im Mafiamilieu suchen werde und seine Frau
dann die von ihm gesammelten Beweise inklusive des
Bestechungsgeldes vorlegen könnte. Sie hatte einen
Brief mit detaillierten Anweisungen an seine Frau gefunden, wie nach seinem Tod vorzugehen war.

Nachdem der Rechtsmediziner allerdings festgestellt
hatte, dass die Lebenserwartung des Erhängten nur
noch einige Wochen betragen hätte, waren sämtliche
Ermittlungen bezüglich seines Todes eingestellt worden. Der Obduktionsbefund lautete zutreffend: Selbstmord. Das hatte Annas Vater nicht vorausgesehen, er
hatte wohl nicht gewusst, dass seine Krankheit schon
so weit fortgeschritten war.

Annas Mutter wechselte nach eineinhalb Jahren auf
eigenen Wunsch von der Richterbank zur Staatsanwaltschaft. Und sie ermittelte weiter, verdeckt, von zu
Hause aus. Es war, als wäre es ihr Lebensziel gewesen,

das kriminelle Netzwerk, das ihre Stadt, ihre Behörde im Griff hatte, zu zerstören. Anna hatte davon nichts geahnt, sie hatte immer geglaubt, dass ihre Mutter sich am Abend zu Hause aktuelle Fälle vornahm.

Einmal hatte Annas Mutter sich wohl zu weit vorgetastet. Sie hatte dezent versucht, den damaligen Generalstaatsanwalt auf die Spur der Mafia zu setzen. Das hatte Annas Hund das Leben gekostet. Ihre Mutter hatte Angst um ihre Tochter, deshalb hatte sie nie ein Wort über ihre Mafia-Ermittlungen ihr gegenüber gesagt. Sie entschloss sich, zu warten, bis ihre Tochter auf eigenen Füßen stehen konnte. Dann wollte und würde sie die Gelegenheit ergreifen und das kriminelle Netzwerk auffliegen lassen.

Und dann schienen zwei Ereignisse Annas Mutter grünes Licht zu geben: Die italienische Anti-Mafia-Polizei hatte im Januar nach zwanzig Jahren intensiver Ermittlungsarbeit den Cosa-Nostra-Boss, genannt „Der Pate", festgenommen, der seit dreißig Jahren untergetaucht war.

Und die Berliner hatten ein neues Abgeordnetenhaus. Zum ersten Mal seit 2001 gab es einen Parteiwechsel im Roten Rathaus. Deshalb glaubte Annas Mutter, dass die Gefahr in Italien zunächst gebannt wäre und ihre Ermittlungen jetzt auch in Berlin Gehör finden würden und zu weiteren Verhaftungen in Deutschland, vor allem in Berlin und Brandenburg führen könnten. Sie wandte sich an das Bundeskriminalamt, in der Hoffnung, dass ihre Vorgesetzten von dort eine Anweisung bekämen, die nicht direkt zu ihr führen würde.

Ein folgenschwerer Irrtum. Der Arm der Mafia war länger als gedacht: Irgendjemand hatte eins und eins zusammengezählt und war davon ausgegangen, dass Annas Mutter alle Beweismittel zu Hause aufbewahren würde. Das hatte sie das Leben gekostet.

Rom – Die Deutsche Botschaft

„Ach, bevor ich es vergesse, Tante Chiara, Lena braucht noch zwei Passbilder für einen neuen Ausweis", sagte Luca, bevor er zu seiner Führung durch das antike Rom startete.

Chiara brachte sie zu dem blauen Fiat 500, mit dem Luca sie abgeholt hatte. Die nächsten zwanzig Minuten waren Todesangst pur. Chiara fuhr nach dem Motto „Die werden mich schon sehen", sie wechselte die Spuren, ohne zu blinken, und gab vor roten Ampeln Gas. So fit Chiara mit dem Mundwerk und beim Denken war, wäre Lena ihre Enkelin, hätte sie ihr den Führerschein zu ihrem Schutz abgenommen.

Mit quietschenden Bremsen hielt Chiara vor einem Fotoladen und meinte, Lena solle reingehen und Passfotos machen lassen. Da weit und breit kein Parkplatz zu sehen war, würde sie im Auto einmal um den Block fahren und auf sie warten. Bereits zu Hause hatte sie ihr dafür weitere fünfzig Euro in die Hand gedrückt, die Lena beschämt annahm, da sie keine Alternative sah.

Als sie den Laden eine Viertelstunde später mit zwei Passfotos verließ, war von Chiara keine Spur zu sehen.

Lena stellte sich direkt unter das absolute Halteverbotsschild, wo Chiara sie herausgelassen hatte, und wartete. Aber auch eine weitere Viertelstunde später waren zwar unzählige blaue Fiats an ihr vorbeigefahren, aber in keinem saß Tante Chiara.

„Kind, wo bleiben Sie denn nur", rief plötzlich eine Stimme hinter ihr. Tante Chiara lief mit dem Autoschlüssel in der Hand auf sie zu. „Ich habe direkt an der Ecke einen legalen Parkplatz gefunden, ich habe x-mal gehupt, haben Sie mich denn nicht gehört?"

Lena musste lachen, denn Hupen schien die Lieblingsbeschäftigung der Italiener zu sein. Eigentlich hatte sie es ständig hupen gehört, aber das ganz sicher nicht mit Tante Chiara in Verbindung gebracht.

Chiara führte sie zu ihrem „legalen" Parkplatz, der darin bestand, dass sie mitten auf einem Zebrastreifen ihr Auto abgestellt hatte. Schnell stieg Lena ein, damit Tante Chiara nicht auch noch eine saftige Anzeige bekommen würde.

Und weiter ging die halsbrecherische Fahrt in die Via San Martino della Battaglia, wo in einem fünfstöckigen Stadtpalais die Deutsche Botschaft residierte.

Natürlich parkte Chiara wie gewohnt verkehrswidrig, sie war allerdings nicht davon abzuhalten, mit Lena mitzukommen.

„Renaissance, stimmt's?", fragte Chiara angesichts des Gebäudes.

Lena nickte.

Sie fragten sich vom Empfang durch bis zu Frau Kraushaar, was nicht ganz so einfach war, wie Lena sich das ausgemalt hatte. Wobei sie selbst nicht so recht wusste, was sie eigentlich erwartet hatte.

Frau Kraushaar saß in einem winzigen Kämmerchen, allerdings hatte das alte Gemäuer den Vorteil, dass es hier drinnen ziemlich kühl war. Genauso kühl war auch der Empfang von Frau Kraushaar, die erstaunt schien, dass sie zu ihr durchgelassen worden war.

Lena bemühte sich, freundlich zu der Dame zu sein, obwohl sie es nicht fassen konnte, dass sie die Deutsche Botschaft hilflos in einem römischen Krankenhaus hatte liegen lassen und Frau Kraushaar wohlgemut in ihr Wochenende gestartet war. Was wäre denn gewesen, wenn ihr Tante Chiara nicht Obdach gewährt hätte?

„Ich nehme an, Sie haben inzwischen die Meldebestätigung aus Berlin erhalten", sagte sie trotz allem hoffnungsfroh.

„Frau, äh, wie war doch gleich Ihr Name?", kam von der Frau mit den Spaghettihaaren zurück.

„Lena Breitenbach", sagte sie mit vor innerer Empörung zitternder Stimme.

„Tut mir leid", sagte Frau Kraushaar und suchte auf ihrem Schreibtisch irgendetwas in ihren Papieren.

„Was heißt, tut mir leid?", fragte Chiara an Lenas statt. Lena spürte, dass die alte Dame genauso entsetzt war wie sie.

„Die Berliner Behörden haben uns mitgeteilt, dass

keine Lena Breitenbach in Berlin gemeldet ist", sagte Frau Kraushaar.

Es begann mit einem Summen in den Ohren, das zu einem lauten Brummen anschwoll, und dann drehte sich das Zimmer einmal um sich selbst.

Als Lena wieder zu sich kam, hing sie auf dem harten Holzstuhl mit dem Kopf zwischen den Beinen. Chiara versuchte, sie aufzurichten und ihr einen Schluck kaltes Wasser einzuflößen.

Lena war mit einem Schlag wieder da.

„Mama!" Ein Schluchzen drang unwillkürlich aus ihrer Kehle.

„Es tut mir leid, ich kann Ihnen nur das weitergeben, was die Berliner Behörden uns mitgeteilt haben. Es gibt keine Lena Breitenbach in Berlin", sagte die Kraushaar derweil.

Die schiere Panik machte sich in Lena breit.

„Aber es hat doch sicherlich mal eine Lena Breitenbach gegeben, vielleicht ist sie vor kurzem weggezogen", sagte Chiara. Sie dachte schneller als Lena.

„Das haben wir auch gedacht, und es gibt eine erneute Anfrage an die Berliner Behörden. Aber heute kann ich Ihnen keine andere Auskunft geben."

„Was mache ich denn jetzt?", fragte Lena verzweifelt. „Ich habe kein Geld, ich kann mich an niemanden erinnern, der mir Geld senden könnte, oder an irgendeine Bank oder Kreditkartenfirma, die mir weiterhelfen könnte."

„Na, Sie haben es ja offensichtlich geschafft, privat unterzukommen", sagte Frau Kraushaar, und es hörte sich fast beleidigt an.

Chiara atmete einmal heftig durch. „Seien Sie so freundlich und geben Sie Lena die Verlustanzeige wieder, die Sie ihr im Krankenhaus abgenommen haben", sagte sie.

Lena sah sie erstaunt an.

„Gern, ich mache nur schnell eine Kopie." Frau Kraushaar kramte in ihren Unterlagen und verließ dann mit dem Wisch, den sie von der Polizei hatte, das Büro.

„Und jetzt?", fragte Lena Chiara.

„Und jetzt fahren wir in Ruhe nach Hause und überlegen weitere Schritte."

Frau Kraushaar kam zurück in ihr Büro und überreichte ihr das Original der Verlustanzeige. „Wo kann ich Sie erreichen?", fragte sie.

Chiara gab ihr ihre Telefonnummer und Adresse, und dann schob die alte Frau Lena raus aus diesem beklemmenden Zimmer, sie liefen schweigend durch den langen Flur, die breite Treppe hinunter, vorbei am Empfang, durch das große, hölzerne Tor, vorbei an den Wachen, und als sie auf der Straße waren, machte Chiara genau das, was Lena auch am liebsten getan hätte: Sie schrie laut.

Annas Erbe

Es war ein heißer Augusttag, über Hannover hing die Hitze, als hätte jemand der Stadt eine Plastiktüte übergestülpt. Bei weit geöffneten Fenstern hörte Anna das ungewohnte, schabende Bremsgeräusch der Straßenbahn, die in der Karl-Wiechert-Allee eine Kurve nahm.

Die Korkwand über ihrem Schreibtisch war voller Fotos und Ausdrucke aus dem Internet, sie hatte am frühen Abend die Unterlagen aus dem Sparkassen-Safe geholt, da sie der Überzeugung war, auf eine Spur gestoßen zu sein.

Immer wieder war der Name Lombardi in den Unterlagen ihrer Eltern aufgetaucht. Sie hatte den Namen gegoogelt und war auf Tausende Bilder von ihr unbekannten Menschen gestoßen, was vor allem auf einen C-Promi namens Pietro zurückzuführen war, der in grauer Vorzeit bei *DSDS* aufgetreten war und sich jetzt sowohl auf Facebook als auch auf Instagram und YouTube in allen Lebenslagen präsentierte.

Von ihrer Mutter hatte Anna gelernt, dass Geduld zum Ziel führte, und so durchkämmte sie akribisch die Fotos.

Sie hatte eine Decke über ihren knallneuen Schreib-
tischstuhl „Fjällberget" geworfen, weil das Eichenholz
des Drehstuhls sonst unangenehm an ihrem Rücken
klebte. Auf ihrem neuen Homeoffice-Schreibtisch, den
sie mühsam selbst zusammengefrickelt hatte, standen
ein Krug Eistee und eine Schale Kirschen, die sie sich
achtlos in den Mund stopfte, während sie Foto für Foto
inspizierte.

Und dann sah sie ihn. Sie würde ihn unter tausend
Menschen wiedererkennen. Er stand am Trevi-Brunnen in Rom, umringt von Hunderten Touristen, die
freiwillig den Brunnen mit Münzen bestückten und
Rom damit eine gute Einkommensquelle bescherten.
Er hatte kein Selfie gemacht, sondern eine deutsche
Touristin hatte ihn fotografiert und unter das Bild geschrieben: „Luca Lombardi, unser süßer Touristenführer, erklärt: Drei Münzen in den Brunnen versprechen
eine Heirat mit einem Italiener. Luca, ich nehme dich
beim Wort!"

Er war also Touristen-Guide in Rom. Und er war
der Mörder ihrer Mutter.

Lena und die starken Frauen

Wie ein geprügelter Hund schlich Lena hinter Chiara her. Die Panik hatte sich wie loderndes Buschfeuer in ihr ausgebreitet. Was sollte sie tun, was konnte sie tun? Die Situation war mehr als verfahren! Soeben hatte sie verstanden, dass sie im Auge des Hurrikans gelandet war.

Chiara nahm sie in den Arm und führte sie zum Auto. Lena zitterte am ganzen Körper. Auf der Rückfahrt hatte Lena nicht mal mehr Angst, wenn Chiara ohne zu blinken und ohne in den Rückspiegel zu schauen die Spur wechselte. Dabei redete Chiara mit Händen und Füßen, anstatt diese dort zu lassen, wo sie beim Fahren hingehörten. Chiara war erbost. Lena begriff erstaunt, dass sie nicht auf sie, sondern auf „diese Beamtenärsche" sauer war.

„Es tut mir leid", murmelte sie und machte sich ganz klein in dem winzigen Auto. Am liebsten wäre sie unter die Fußmatte geschlüpft.

„Mir tut es leid. Dass ich der Tussi nicht den Rest von dem Glas Wasser ins Gesicht gekippt habe. Zum Aufwachen! So was bezahlt ihr mit eurem Steuergeld. Stronza", rief sie und haute auf das Steuerrad, „stronza di merda!"

Wenn sie nicht so verzweifelt und ängstlich gewesen wäre, hätte Lena gelacht. Chiara war einfach hinreißend wütend.

Da Emilia an diesem Montag frei hatte, lud Chiara sie in ein Restaurant in der Nähe ihrer Wohnung zum Mittagessen ein. In der *Hostaria I Clementini* wurden sie von den Kellnern empfangen wie Königinnen. Die weiß beschürzten Herren wieselten um die alte Dame herum, als ob ihr das Restaurant gehörte.

Da es noch früh war, waren noch nicht viele Tische besetzt. Chiara bestellte, ohne sie zu fragen, für beide das Tagesgericht, was auch immer das heißen mochte, eine Flasche Weißwein und Wasser. Dem Wirt, oder zumindest die Person, die Lena für den Besitzer hielt, schilderte Chiara offensichtlich in bunten Farben den vorangegangenen Ausflug in die Deutsche Botschaft. Das entnahm Lena den mitleidigen Blicken des Wirts und der Art, wie er ihnen einen Aperitif kredenzte, als wolle er sagen: *Trinkt erst mal was, Mädels, dann geht es euch besser.*

„Was ist das?", fragte sie Chiara und hielt die braune, schäumende Brühe hoch, in der ein paar grüne Oliven und ein Schnitz Zitrone schwammen.

„Cynar Spritz", sagte sie und stürzte das Zeug in einem Zug runter. „Artischockenschnaps mit Prosecco und Soda. Trinken Sie, ist gut für die Magennerven!"

Wenn ich hier noch ein paar Tage bleibe, mutiere ich zur Alkoholikerin, dachte Lena und nippte an dem bitteren Gesöff.

Langsam füllte sich das Lokal, das einfach mit dunklen Holztischen und Stühlen eingerichtet war. Fast jeder, der reinkam, begrüßte Chiara freundlich mit ein paar Worten.

„Sie scheinen hier Stammgast zu sein", bemerkte Lena.

„Mein zweites Wohnzimmer", gab Chiara zu. „Wenn man alleine ist, braucht man Auslauf."

Aber es war nicht nur der Auslauf. In dem Lokal stellte Lena fest, dass Chiara eine raumfüllende Persönlichkeit hatte, sie beherrschte das Lokal mit den Augen, mit ihrer rauen, etwas gebrochenen Stimme und ihrem – nun ja, sie wusste nicht, wie man es sonst nennen sollte – etwas dreckigem Lachen. Diese winzig kleine, alte Frau stand im Mittelpunkt, es war, als ob sich die Welt um sie herumdrehte. Kannte sie solche Frauen in Deutschland?, fragte sie sich.

Chiara sah sie mit zusammengekniffenen Augen an, wobei man ihre Pupillen kaum erkannte zwischen all den Falten und Runzeln, die sie mit rosafarbenen Puderrouge effektvoll in Szene gesetzt hatte. Chiara sah so zerbrechlich aus, aber strahlte dennoch eine Stärke aus, dass man unwillkürlich glaubte, sich an ihr festhalten zu können. Diese Frau wollte sie nicht zum Feind haben.

„Sie fahren mit Luca nach Berlin", teilte Chiara ihr mit, als die quadratischen Spaghetti Mancini mit Muscheln kamen. Es hörte sich an wie ein Befehl.

„Aber ich weiß doch gar nicht, wohin", wandte Lena ein.

„Zu Enrico."

„Wer ist das?", fragte Lena, während sie ein Stück Pasta in dem köstlichen Knoblauch-Sud badete.

„Habe ich Ihnen doch erzählt, mein Zweitjüngster. Der lebt seit über vierzig Jahren in Berlin."

„Aber ich kann doch nicht einfach …"

„Natürlich können Sie, Kindchen, Sie haben gar keine andere Wahl. Diese Schlafpillen in Ihrer Botschaft werden Ihnen nicht weiterhelfen. Was weiterhilft, sind Erinnerungen, und die kommen, wie Luca uns gestern Abend erklärt hat, über Musik, über Gerüche, über Bilder. Sie müssen nach Berlin. Und da ein Teil unserer Familie in Berlin lebt, wird Luca Sie dorthin begleiten."

„Sollte das nicht Luca entscheiden?"

Chiara lächelte sie an. „Seit wann entscheiden Männer etwas selbstständig?"

War das als Frage gemeint?, fragte sich Lena. „Hhm", antwortete sie, „ich weiß nicht, ehrlich gesagt. Ich habe schließlich keinen Vater mehr."

„Ich wette, Ihre Mutter hat auch immer alles für ihn entschieden. Bei uns in der Familie entscheiden die Frauen, was das Beste für ihre Männer ist. Der Erfolg unserer Männer ist der Erfolg ihrer Frauen. So einfach ist das."

War es so einfach?, fragte sie sich. Und wenn ja,

was bedeutete das? Das Lokal verschwamm vor Lenas Augen.

Lena sah sich mit Mama im Restaurant sitzen. Die Erinnerung, die sie in der Botschaft wie ein hungriges Raubtier von hinten angefallen hatte, war so plastisch und so nah, dass sie schmerzte. Schnell trank Lena einen Schluck von dem kühlen Weißwein, damit Chiara nicht die verräterischen Tränen in ihren Augen sah. Vor Aufregung verschluckte sie sich, was ihr die Gelegenheit gab, die Serviette als Taschentuch zu nutzen, sich die Nase zu putzen und die Tränen aus den Augen zu wischen. „Entschuldigung", sagte sie.

Chiara tätschelte ihr die Hand. „Armes Kind."

Was wusste sie von Papas Erfolgen, was wusste sie von Mamas Ehe mit ihrem Vater, wie hatten die beiden zueinander gestanden?

In dem Moment kam der Kellner mit dem Dessert, und Chiara bestellte für sie beide Espresso. Lena war froh über die Ablenkung, denn sie brauchte eine Pause, um nachzudenken: Wie konnte sie der verfahrenen Situation mit heiler Haut entkommen.

Annas Entschluss

Anna starrte auf das Foto von Luca Lombardi. Er sah so unschuldig und sympathisch aus, dass es fast wehtat. Das Foto war so etwas wie der Anfang eines Wollknäuels – von hier aus forstete sie rückwärts die Akten ihrer Mutter und die ihres Vaters durch. Es war unschwer, ein Muster zu erkennen: Das, was ihr Vater, und das, was ihre Mutter gesammelt hatten, erinnerte sie an die Brotkrumen, die Hänsel und Gretel im Wald ausgestreut hatten.

Es gab immer wieder eine deutliche Spur zur Familie Lombardi. Natürlich waren die Lombardis nicht die einzigen Italiener, die in Berlin und anderen deutschen Städten der Cosa Nostra zugerechnet werden konnten. Und die Cosa Nostra war nicht die einzige italienische Mafia-Organisation, die hier wie überall ihr Unwesen trieb. Aber Enrico Lombardi war in Berlin eindeutig bereits zu Zeiten, als noch ihr Vater Staatsanwalt gewesen war, der Berliner Pate der Cosa Nostra.

Und wieder machte sich Anna auf die Google-Suche und sondierte Fotos: Lombardi mit den Bürgermeistern, Lombardi mit den Justizsenatoren, mit den Innensenatoren, mit den Generalstaatsanwälten, mit den Polizeipräsidenten, Lombardi mit den Innenministern, Lombardi im Berliner Rathaus, Lombardi auf einem Ehrenplatz neben dem Bundeskanzler Schröder, Lombardi mit Angela Merkel. Einweihung einer Einkaufspassage in Neukölln, Einweihung eines Bürokomplexes in Charlottenburg, Richtfest für fünfhundert Wohnungen in Neuenhagen. Auf den Fotos sah man die Vorstände großer deutscher Banken und Versicherungen, der Kerl, so stellte Anna fest, hatte offenbar wirklich überall seine Finger drin. Sie verglich die Namen auf den Fotos mit den Namen, die sich in den Ermittlungsakten ihrer Eltern befanden. Der Mann wusste, wie man eine weiße Weste bewahrte und Millionen durch zwielichtige Geschäfte verdiente.

Annas Mutter hatte die Wege und Verbindungen von Sizilien, dem Stammsitz der Lombardis, bis hin nach Berlin ermittelt. Und auch das, womit die Lombardis ihr Geld verdienten: Früher war es vor allem Falschgeld gewesen, mit dem die Cosa Nostra ihre Projekte finanzierte, in den letzten Jahren war Rauschgift zur Haupteinnahmequelle der Cosa Nostra geworden. Sie galten europaweit als größter Importeur von Kokain.

Das Kokain kam entweder über die Mittelmeerroute nach Palermo oder über die Nordsee nach Antwerpen. Alternativ per Luftfracht zu den großen europäischen Flughäfen: Rom, Madrid, Frankfurt, Amsterdam. Leicht verderbliche Ware, die schnellstens im

Kühlcontainer weitertransportiert werden musste, Ware, bei der der Zoll unter Zeitdruck stand: Zitronen- und Tomatenlieferungen aus Sizilien, Bananen aus Ecuador, Grüner Spargel und Papayas aus Bolivien, Avocados aus Peru, Mangos und Maracujas aus Kolumbien. In zentralen Lagerhallen wurde umgepackt und auf die einzelnen Standorte in Europa verteilt.

Und die Lombardis mischten eifrig mit in diesem Geschäft, sie übernahmen einen großen Teil der Verteilung. Alessandro Lombardi, der Obst- und Gemüseimporteur aus München, nahm mit seinen Sattelschleppern die Obstcontainer in Empfang. Die Gelder, die sie mit ihrem illegalen Geschäft verdienten, wusch Enrico Lombardi in gigantischen Immobilienprojekten quer durch die Republik. Das Geld aus den Rauschgiftverkäufen diente zudem dazu, ihre Beziehungen zu Persönlichkeiten des öffentlichen Lebens zu „stabilisieren". Sicher ein nicht unbeträchtlicher Teil wurde regelmäßig als Schweigegeld gezahlt, vor allem in Berlin, wo Lombardi offensichtlich immer noch als Mann mit einer blütenreinen Weste galt.

Anna fügte die Ermittlungsergebnisse, Beweise und Fotos zusammen, die ihre Eltern in fünfundzwanzig Jahren gesammelt hatten. Die Arbeit glich einem großen Puzzle. Doch am Ende ergab sich ein erschütterndes Bild: Die Akten, die Annas Eltern zusammengetragen hatten, würden Enrico Lombardi mindestens für die nächsten fünfzehn Jahre hinter Gitter bringen und ein politisches Erdbeben in Berlin auslösen. Deshalb hatte er wohl seinen Neffen nach Berlin geholt, um die Ermittlungsergebnisse über ihn zu besorgen. Es musste eine undichte Stelle beim BKA geben, die Lombardi gewarnt hatte, anders konnte sich Anna den Überfall auf ihre Mutter nicht erklären. Oder war die undichte Stelle doch nur in Berlin zu suchen, einer von den Beamten vielleicht, die vom BKA einen Hinweis bekommen hatten?

Ihre Mutter hatte den verhängnisvollen Fehler begangen, zu glauben, dass eine neue Regierung und ein verhafteter Chef der Cosa Nostra den Weg freimachen würden, endlich auch in Berlin gegen die Gangsterbande zu ermitteln. Doch das hatte sich als Irrtum erwiesen, irgendjemand hatte sie an die Lombardis verraten. Annas Mutter hatte die Beweise mit ihrem Leben beschützt. Waren sie ein Leben wert?

Und nun?, fragte sich Anna. Wie sollte sie weitermachen, wie sollte sie den Tod ihrer Mutter rächen?

Nach den erfolglosen Mordermittlungen der Berliner Kriminalpolizei und der Entdeckung eines Gen-Matches in der Datenbank des BKA hatte sie mit einem führenden Beamten von Europol gesprochen, der ihr die Augen über die Cosa Nostra in Berlin geöffnet hatte, was sie als Zitat ihres Vaters kommentiert hatte mit: „Ham wa nich, kriegn wa och nich wieda rein."

Allerdings hatte der Europolbeamte ihr auch erzählt, dass die Landeskriminalämter in anderen Bundesländern sehr wohl mit Europol und diese mit der italienischen Anti-Mafia-Polizei zusammenarbeiteten. Allerdings wurden immer wieder Ermittlungen eingestellt, man fing die Handlanger, doch gegen die Großen im Geschäft schien nichts Handfestes vorzuliegen.

Nächtelang wälzte sich Anna im Bett und überlegte, wie sie die Ermittlungen in Berlin anstoßen könnte, ohne ihren Zeugenschutz aufzugeben.

Und dann kam ihr eine Idee. Sie war Lena Brandstätter aus Hannover. Niemand in Berlin, so hoffte sie, wusste, dass sie Anna Schreiber war, die Tochter der Oberstaatsanwältin.

Wenn sie nun als Lena Brandstätter nach Rom fahren würde und dort einen Termin mit der Anti-Mafia-Polizei als Anna Schreiber verabreden würde, dann müsste sie ihre Tarnidentität vielleicht gar nicht aufgeben und würde mithin auch nicht Gefahr laufen, von einem Agenten der Mafia in den Behörden enttarnt zu werden.

Tagelang haderte Anna mit sich selbst. Sollte sie es tatsächlich wagen, gegen die Berliner Mafia vorzugehen, die das Leben ihrer Mutter auf dem Gewissen hatte? Konnte sie es wagen, Beweise einer Behörde zuzuspielen, von der sie keinerlei Ahnung hatte, von der sie nicht wusste, inwieweit diese unterwandert war? Schließlich waren ihre Eltern beide bereits verraten worden. Sie legte sich hier mit einer Bande an, die international vernetzt war – würde sie danach jemals wieder sicher sein, wo auch immer auf der Welt sie sich aufhielt, wie auch immer sie sich nannte und wovon sie lebte?

Auf der anderen Seite war Italien ihre einzige Chance. Denn wenn sie ihren Kontaktmann bei Europol richtig verstanden hatte, dann ignorierte die Berliner Polizei die Cosa Nostra. Doch wenn Europol das wusste, wieso übernahm dann nicht das BKA die Ermittlungen, waren die denn nicht zuständig für internationale Verbrechen? Denn um solche handelte es sich doch wohl. Sie hatte eine Aktennotiz ihrer Mutter in dem Safe gefunden, dass sie sich an das BKA gewandt hatte.

Der Prophet gilt nichts im eigenen Land, dachte sich Anna. Der Anstoß für die Ermittlungen musste aus Italien kommen, dann müssten die in Berlin ermitteln, sonst würden sie ihr Gesicht verlieren.

Also rief sie bei dem Mann von Europol an, der sie als Anna Schreiber kannte, und fragte nach einem Kontaktmann in Rom bei der Anti-Mafia-Polizei. Natürlich hatte sie keinerlei Sicherheit, dass der Kontaktmann bei der Anti-Mafia-Behörde in Italien nicht ebenfalls geschmiert war. Immerhin hatte die Behörde den Chef der Cosa Nostra nach dreißig Jahren gefasst. Es gab also echte Mafia-Jäger in Italien. Anna beschloss, es zu wagen.

Lena – Reisevorbereitungen

„Ich habe heute Nacht noch mal über deinen Vorschlag nachgedacht. Ich glaube, du hast recht mit dem Dissertationsthema", sagte Luca beim Abendessen zu Tante Chiara. „Neurologie ist ein Fachgebiet, was mich wirklich interessiert, da wäre eine Dissertation zum Thema Gedächtnisverlust durchaus hilfreich."

Und zu Lena gewandt, fragte er: „Lena, hättest du etwas dagegen, wenn ich dich in meine Forschungen mit einbeziehe?"

„Natürlich nicht", sagte sie, was hätte sie auch sonst sagen sollen. „Puh, ist das warm hier heute." Sie fächelte sich mit der Serviette Luft zu.

Luca stand auf und öffnete die Verandatür. Er hatte keine Einwände, als Chiara ihm mitteilte, dass er sie zu Onkel Enrico nach Berlin bringen sollte, er schien sich darüber sogar zu freuen.

Lucas Job in Rom würde am Donnerstag der gleichen Woche enden. Chiara versprach noch beim Abendessen, alles für sie in Berlin zu arrangieren.

„Und wir haben noch genug Zeit, um auf eine Antwort aus der Botschaft zu warten."

Natürlich wusste Lena jetzt, dass von dort nichts Hilfreiches mehr kommen würde.

Nachts lag sie in ihrem Bett, der leichte Wind blähte die weißen Musselin-Gardinen vor dem geöffneten Fenster auf, durch das der Lärm der Stadt drang. Auch nachts schien die Stadt niemals ganz zu schlafen. Es war immer noch sommerlich warm, sie deckte sich ab und starrte die Decke an. Die Angst, die sie seit dem Vormittag verspürte, ließ sie keinen Schlaf finden. Sie war hinter den feindlichen Linien gelandet, und ihre Mutter lächelte sie mit diesem süffisanten, wissenden Lächeln an, das ihr zu versprechen schien: Es wird alles gut werden. Und wenn es nicht gut wird, dann ist es noch nicht zu Ende. Aber es war nicht gut geworden, schon damals in der Kirche war ihr Lächeln ein falsches Versprechen gewesen.

Den Rest der Woche verbrachte Chiara damit, alles für ihre Ankunft in Berlin vorzubereiten. Sie telefonierte mit Enrico und seiner Frau Gabriella, die angewiesen wurden, die Gästezimmer zurechtzumachen.

Nachmittags saßen Chiara und Lena in der Sonne und tranken Cappuccino.

„Erzählen Sie mir von Sizilien", bat Lena. Sie hatte längst begriffen, dass die alte Dame es liebte, in Erinnerungen zu schwelgen. Und so dauerte es nicht lange, und sie schleppte die alten, schweren Fotoalben herbei.

„Wie viel schöner es doch ist, Fotos in Alben anzuschauen anstatt auf dem Smartphone", sagte Lena.

„Ich hoffe, dass Sie bald Ihre Erinnerungen wiederfinden und Ihre Mutter Ihnen ein paar Alben über ihr eigenes Leben eingerichtet hat."

Lena musste sich beherrschen, nicht zu schreien.

„Hier haben wir gewohnt", erklärte Chiara und zeigte voller Stolz ein riesiges Anwesen auf einem grünen Berg.

„Wo war das in Sizilien?", fragte Lena.

„Mongerbino", sagte sie und schwärmte von den tollen Sonnenuntergängen über dem Monte Pellegrino: „Man hat von dort einen wundervollen Blick auf Palermo."

„Das ist megaschön", musste Lena zugeben, als sie die Fotos sah. „Man kann ja das Meer sehen."

„Ja, Mongerbino ist ein Stadtteil von Bagheria, nur ein paar Kilometer entfernt von Palermo. Hübsche kleine Strände und schier endlose Zitronenplantagen", schwärmte Chiara. „Meine Zitronenlimonade war berühmt."

„Warum sind Sie nicht zurück nach Sizilien gegangen, lebt Ihre Familie dort nicht mehr?", fragte Lena.

„Nachdem mein Schwiegervater nicht mehr da war, war es nicht mehr so wie vorher. Viele Familienmitglieder sind damals weggezogen, da kam das Angebot von Berlusconi gerade recht. Mein Mann und ich sind seit 2008 in Rom, was soll ich auf meine alten Tage in Mongerbino, das ist jetzt ein Touristenort geworden."

Am Mittwoch teilte ihr Chiara mit, dass sie den Hausmeister damit beauftragt habe, ihr Auto auf Vordermann bringen zu lassen. „Damit ihr auf der langen Reise nicht irgendwo liegen bleibt."

Bisher hatte sie nicht gefragt, wie sie denn nach Deutschland kommen sollten. Wollte sie Luca etwa ihren Fiat 500 geben?

Am Mittwoch schleppte Chiara sie zur Tiefgarage, die in einem benachbarten Haus untergebracht war. Lena glaubte ihren Augen nicht zu trauen: Dort stand ein bildschönes, altes, weißes Mercedes-Cabrio mit knallroten Ledersitzen. Das Ding funkelte und blitzte, als wäre es gerade neu aus dem Laden hierhergebracht worden.

„Ich fahre es eh nicht mehr", erklärte Chiara ihr. „Früher bin ich damit immer nach Sizilien gefahren. Aber das ist mir jetzt zu anstrengend. Und nur zum Anschauen ist mir der Parkplatz zu teuer. Wollte das Ding sowieso dem kleinen Luca schenken, er ist so ein lieber Junge. Was meinen Sie, Kind, ob er sich darüber freut?"

Lena starrte sie fassungslos an. Was für eine Frage! „Ich würde ausrasten über so ein Geschenk!", gab sie zu.

Chiara lud sie zu einer Probefahrt ein. Schon als sie durch das enge Tor fuhr, begann Lena innerlich zu beten, dass das Cabrio und sie die Ausfahrt überleben würden.

Trotz ihrer Angst entging ihr nicht, dass Tante Chiara bei ihrer „Probefahrt" die Deutsche Botschaft ansteuerte. „Kommen Sie, wir fühlen der Kraushaar nochmal auf den Zahn", sagte Chiara.

Was sollte sie sagen? Sie konnte nur ergeben nicken, wohl wissend, dass die Kraushaar nicht einen Millimeter weitergekommen sein konnte.

Offensichtlich hatte die Frau mit den Spaghettihaaren den Empfang angewiesen, sie nicht mehr zu ihr durchzulassen. Da hatte sie allerdings die Rechnung ohne Chiara gemacht. Die alte Dame ließ sich nicht auf Diskussionen ein, sondern täuschte einen Schwächeanfall vor. Der Pförtner eilte hinaus, um einen Stuhl und ein Glas Wasser für sie zu organisieren.

„Los, rein mit Ihnen", sagte Chiara und schickte sie die steile Treppe hinauf zu Frau Kraushaar ins Zimmer, während sie sich unten vor dem Empfang betutteln ließ.

Lena klopfte an Frau Kraushaars Zimmertür.

„Entschuldigung", sagte sie und öffnete die Tür, ohne auf ein Herein gewartet zu haben.

„Ach, Sie, wie zum Teufel kommen Sie denn hier herein?"

„Haben Sie Neuigkeiten für mich?", fragte Lena ohne die geringste Hoffnung in der Stimme.

„Ich habe doch gesagt, dass ich mich melde, wenn ich etwas in Erfahrung gebracht habe", sagte Frau Kraushaar.

„Ist das die Hilfe, auf die sich deutsche Staatsbürger im Ausland verlassen können?", fragte Lena, ehrlich erbost.

Die Frau gab sich nicht die geringste Mühe, ihr irgendwie zu helfen, nicht mal den Anschein von Helfenwollen erweckte sie.

„Werden Sie nicht unverschämt, ja? Es ist noch nicht mal sichergestellt, dass Sie deutsche Staatsbürgerin sind."

„Na danke, vielen herzlichen Dank", sagte Lena. „Es gibt also keine Antwort aus Berlin?"

„Weder aus Berlin noch sonst woher", sagte die Kraushaar.

„Haben Sie mal ein Stück Papier und einen Kuli für mich?", fragte Lena. Sie schrieb eine kurze Mitteilung und kritzelte ihren und Lucas Namen, den Namen ihres zukünftigen Gastgebers in Berlin sowie die Namen und Telefonnummern ihrer Kontaktpersonen auf den Zettel.

„Bitte leiten Sie das umgehend weiter an die zuständigen Behörden, der Neffe von Frau Lombardi bringt mich jetzt nach Berlin. Vielen Dank für Ihre Hilfe", sagte Lena erneut und ließ die Tür hinter sich ins Schloss fallen. Der Pförtner stand immer noch bei Tante Chiara und lachte mit ihr. Die Alte wickelte offensichtlich jeden um den Finger.

„Wo kommen Sie denn her?", fragte der Mann, als sie zu ihnen getreten war.

„Ich habe eine Toilette gesucht", sagte Lena. „Kommen Sie, Chiara, hier gibt es nichts mehr für uns zu tun."

Als sie endlich wieder unter der sengenden römischen Sonne waren, prusteten sie los wie zwei Schulmädchen. „Danke!", sagte Lena. „Waren Sie auch mal Schauspielerin in Ihrem Leben?"

„Mein ganzes Leben lang, Schätzchen!", sagte sie.

Anna – Rom

Sie sagte, sie habe Informationen, die die Anti-Mafia-Behörde sicher interessiere. „Mein Name ist Anna Schreiber, meine Mutter war Oberstaatsanwältin im Bereich Organisierte Kriminalität in Berlin. Sie wurde in ihrer Wohnung ermordet, weil sie, wie einst mein Vater, der ebenfalls Staatsanwalt war, Ermittlungen gegen die Cosa Nostra in Berlin geführt und die Ermittlungsergebnisse und Akten zu Hause aufbewahrt hat. Ich habe ihre Akten geerbt und möchte sie Ihnen gern übergeben."

Anna bekam einen Namen und einen Ort. Dort sollte die Übergabe stattfinden.

Er nannte sich Giordano. Anna und der Beamte sollten sich am Samstag in Rom im *Caffè Barocco* auf der Piazza Navona treffen.

„Woran erkenne ich ihn?", fragte sie.

„Giordano erkennt Sie. Setzen Sie sich draußen in das Café, bestellen Sie ein Bier und lesen Sie eine deutsche Zeitung. Er wird Sie fragen, ob an dem Tisch noch Platz sei."

„Und wenn sich jemand anderes dazusetzt? Woher weiß ich, dass es Giordano ist?"

„Er spricht Deutsch. Fragen Sie ihn, ob er nicht letztes Jahr eine Schiffsreise nach Skandinavien gemacht habe. Wenn er sagt: ‚Ach, ich wusste, ich habe Sie schon mal gesehen, Sie waren auch auf der Costa‘, wissen Sie, dass es Giordano ist. Bevor Sie ihm die Unterlagen aushändigen, lassen Sie sich trotzdem bitte noch dezent seinen Ausweis zeigen."

„Und was mache ich, wenn alle Tische besetzt sind?"

„Warten", sagte der Mann von der Anti-Mafia-Behörde. „Irgendwann wird was frei, wir haben das im Blick."

Anna buchte sich einen Flug und ein Hotel in Rom. Es war ihr erster Urlaub und Auslandsaufenthalt mit neuer Identität, sie war entsprechend nervös. Aber niemand schöpfte Verdacht, sie traf niemanden, den sie kannte, und so kam sie unbehelligt in ihrem Hotel in Rom an.

Am Samstagnachmittag machte sie sich bei strahlendem Sonnenschein auf den Weg zur Piazza Navona. Das Café sah man von weitem, sie hatte am Morgen im Kaufhaus *La Rinascente* eine Jacke gekauft und die Einkaufstüte im Hotel mit sämtlichen Unterlagen gefüllt, nicht nur mit denen, die sie im Safe ihrer Mutter gefunden hatte, sondern auch die Fotos und Quellen, die sie selbst recherchiert hatte. Anna hatte sich ein Basecap und eine Sonnenbrille aufgesetzt, damit sie so touristisch wie möglich aussah.

Sie hatte Glück. Gerade als sie kam, wurde ein Tisch in der vordersten Reihe frei. Anna setzte sich und musste sich zusammenreißen, sich nicht neugierig umzuschauen. Sie stellte die Tüte unter den Tisch und bestellte beim herbeieilenden Kellner ein Bier. Aus ihrer Handtasche zog sie eine *Frankfurter Allgemeine Zeitung*, die sie sich vor das Gesicht hielt. *Verdammt*, dachte sie, als sie sah, dass sie zitterte, als ob sie Parkinson hätte. Sie legte die Zeitung also gut sichtbar auf den Tisch und streckte das Gesicht in die Sonne, wie es Touristinnen gern zu tun pflegen. Als das Bier kam, nahm sie gierig einen Schluck. Wieso hatte sie Bier bestellen sollen, wahrscheinlich weil kein vernünftiger Mensch nachmittags um drei Uhr freiwillig unter der römischen Sonne Bier trank. Sie sah auf die Uhr. Es war kurz nach drei. *Sei nicht so nervös*, sagte sie sich, *das merkt doch jeder, der dich beobachtet.* Also versagte sie sich den nächsten Blick zur Uhr. Es dauerte. Niemand kam. Vor lauter Nervosität nahm sie einen viel zu großen Schluck und verschluckte sich prompt. Sie musste husten.

Anna wedelte sich mit der Zeitung Luft zu, schob das Basecap nach hinten, so, als ob ihr heiß wäre, was nicht mal gespielt war, Anna war durchgeschwitzt. Als sie das nächste Mal auf die Uhr schaute, war es bereits siebzehn nach drei. Warum kam der Kerl nicht? Das war doch eine Falle, sie wollten nur wissen, wie sie aussah, sie verfolgen und dann irgendwo überfallen, vielleicht in ihrem Hotelzimmer, und so an die Unterlagen kommen. Anna wurde noch heißer. Sie machte dem Kellner ein Zeichen, dass sie zahlen wollte.

In dem Moment fragte ein Mann auf Italienisch, ob der Platz an ihrem Tisch noch frei sei. Sie nickte nur, unfähig, ein einziges Wort zu sagen.

Er setzte sich hin, machte dem Kellner ebenfalls ein Zeichen und schaute auf Annas deutsche Zeitung. „Sie sind Deutsche?", fragte der Mann auf Deutsch.

Anna nickte wieder.

„Deutschland, wunderschönes Land", sagte er.

Was sollte Anna damit anfangen. „Kennen wir uns?", fragte sie ihn.

„Ich glaube nicht?", sagte er.

Wie weiter, Anna, komm trau dich. „Sie waren nicht zufällig letztes Jahr in Skandinavien?"

„Das nenne ich einen Zufall!", sagte er. „Sie kamen mir gleich so bekannt vor. Sie waren letztes Jahr auch auf der Costa, stimmt's?"

Anna hatte das Gefühl, dass die Rocky Mountains von ihrem Herzen plumpsten.

„Sie haben Informationen aus Deutschland?", fragte er.

„Ja, aus Berlin, meine Eltern, beide waren Staatsanwälte, haben über zwanzig Jahre hinweg Informationen über ihre Klientel in Berlin gesammelt." Jetzt war Anna alles egal. Sie hatte es bis hierher geschafft, nun konnte sie auch offen reden.

„Und keine Anklage erhoben?"

„Wenn Sie die Unterlagen sehen, werden Sie verstehen, warum es nicht zu einer größeren, belastbaren Klage gekommen ist. Beide mussten die Ermittlungen mit dem Leben bezahlen."

„Wir haben uns nach Ihrem Anruf sachkundig gemacht", sagte er.

„Es betrifft hauptsächlich die Familie Lombardi."

„Die Familie Lombardi ist uns bekannt", sagte er. „Allerdings ist nur noch ein verschwindend kleiner Teil in Italien ansässig. Seitdem der Capo inhaftiert und sein Stellvertreter gestorben ist, sind die nicht mehr so stark in unserem Fokus. Waschen die nicht nur Geld in Berlin?"

„Meine Unterlagen sagen das Gegenteil. Es scheint nie genug zu sein", sagte Anna. „Sie werden in den Unterlagen sehen, dass es fast unmöglich ist, in Berlin an die Familie ranzukommen. Das Einzige, was die Ermittlungen meines Erachtens vorantreiben könnte, ist ein Hilfeersuchen von Ihnen und italienische Haftbefehle. Unsere Gesetze in Deutschland reichen für diese Art von Straftaten nicht aus."

„Es besteht in Deutschland keine Nachweispflicht von Geld, vor allem von Bargeld. Das ist in Italien deutlich besser geregelt."

Sie ließ die Unterlagen einfach unter dem Tisch stehen und verabschiedete sich von ihm. Anna schaffte es kaum zum nächsten Taxistand, so sehr zitterten ihr die Knie. Immer wieder drehte sie sich um.

Wurde sie verfolgt, hatte sie jemand beobachtet? Sie konnte niemanden entdecken.

Sie hatte Giordano nichts von Luca erzählt. Anna hatte einen Plan, wie sie dem Mörder ihrer Mutter auf die Spur kommen könnte. Für eine Anzeige gegen ihn blieb immer noch Zeit, aber die wollte sie lieber in Deutschland stellen, denn schließlich hatte der Mann ihre Mutter in Berlin getötet, es gab eine eindeutige DNA-Spur. Und bei Mord beziehungsweise Totschlag verstanden auch die Berliner Behörden keinen Spaß.

Anna hatte sich bereits bei Arbeitsantritt in Hannover die Haare dunkel gefärbt und trug jetzt einen Pony anstatt ihres Seitenscheitels. Mit Sonnenbrille, da war sie sich sicher, würde er sie nicht erkennen.

Sie postierte sich am Trevi-Brunnen. Am Samstagnachmittag passierte – nichts. Kein Luca Lombardi in den Horden von Touristen. *Geduld, Anna*, sagte sie sich, *jeder gute Touristenführer in Rom kommt einmal am Tag am Trevi-Brunnen vorbei.* Nachdem sie am Samstag nicht fündig geworden war, packte sie ihren Koffer, ließ ihn im Hotel und ließ sich ganz früh am Sonntagmorgen mit einem Taxi zum Trevi-Brunnen fahren. Mit Sonnenhut, Sonnenbrille und Smartphone vor der Nase wartete sie stundenlang in der sengenden Sonne. Und dann sah sie ihn. Anna schoss mehrere Fotos, ließ das Smartphone in ihre Handtasche fallen …

Auf nach Berlin

Der Abschied von Tante Chiara fiel nicht nur Luca schwer. Doch dass Chiara ihm dieses prachtvolle Auto geschenkt hatte, machte ihn überglücklich. „Der Nitribitt-Mercedes, Wahnsinn, das ist das schönste Auto, das Mercedes je gebaut hat", schwärmte er und erstickte seine Großtante fast mit seinen Küssen und seiner Umarmung.

„Wieso Nitribitt-Mercedes, was heißt das?", fragte Lena ihn.

„Rosemarie Nitribitt, das war eine Edelhure in den fünfziger Jahren, die fuhr so ein Cabrio. Sie wurde vor allem dadurch berühmt, dass sie ermordet wurde. Damals waren viele Bilder von ihr und ihrem Cabrio in den Zeitungen, deshalb nennt man den Wagen bis heute Nitribitt-Mercedes."

„Soll das heißen, dass dieses Cabrio aus den Fünfzigerjahren stammt?"

„Das soll es heißen", sagte er stolz. „Das ist ein echtes Museumsstück."

Chiara heulte, Luca heulte, Lena heulte, sogar Emilia und die Hunde heulten, als sie mit dem weißen Cabrio endlich aus der Tiefgarage fuhren und noch so lange winkten, bis die kleine Gruppe nicht mehr im Rückspiegel sichtbar war.

„Gar nicht so einfach zu fahren, die Karre", sagte Luca. „Servolenkung kannten die damals noch nicht, und die Schaltung gibt auch Muckis."

„Der Wagen sieht aus wie neu, das wundert mich, angesichts der Fahrweise von Tante Chiara", sagte sie.

„Der sieht nur aus wie neu, weil an dem Ding so ziemlich alles neu ist. Mein Großonkel hat immer gesagt, dass man in Rom die Ecken abbauen müsste, wenn Tante Chiara im Auto unterwegs ist. Ich glaube, sie ist damit in Rom so gut wie nie gefahren. Dafür braucht sie jedes Jahr einen neuen Fiat."

„Du hast eine tolle Familie, ich habe in den letzten Tagen viel über sie gehört", sagte Lena und griff sich die Flasche Wasser, die Chiara ihr mitgegeben hatte. Ihr Mund war ganz trocken vor Angst.

„Mach dir da keine Illusionen", sagte er, und es klang ganz und gar nicht begeistert.

„Wie ist denn dein Onkel Enrico?"

„So wie die ganze Sippe."

„Wie meinst du das?", fragte sie nach.

„Traue nicht dem schönen Schein, es sind alles Sizilianer!"

„Und was genau soll ich jetzt darunter verstehen?"

Er musterte sie kurz und lächelte gequält: „Sizilianer eben."

Aha. „Du meinst, sie haben ein südländisches Temperament?"

„Auch."

Sie fuhren auf die E35 in Richtung Florenz.

München

Von der Autobahn aus hatte Luca bei seinen Eltern angerufen und ihr Kommen angekündigt.

„Du wohnst noch zu Hause?", fragte sie ihn.

„Nein, aber meine Eltern haben mehrere Gästezimmer, mein Studi-Apartment ist viel zu klein für uns beide", sagte er.

Lena musste darüber nachdenken. Sie fand Luca durchaus anziehend. Dass er im Apartment von Tante Chiara keine Annäherungsversuche unternommen hatte, hatte sie der Schicklichkeit zugeschrieben. Aber wenn er wirklich etwas von ihr wollte, dann hätte er die Gelegenheit wahrgenommen und sie mit in sein Apartment genommen. Oder nicht?

Sie saßen schweigend im Wagen, sie hingen jeder für sich ihren Gedanken nach und lauschten Bayern 3. Nach einer Weile fragte Lena: „Wie ist eigentlich dein Verhältnis zu deinen Eltern?"

„Mäßig", sagte er.

„Wieso?"

„Was glaubst du denn? So ein Sohn ist doch eine Schande für die Familie."

„Nicht dein Ernst, oder?"

„Für meinen Vater bin ich eine einzige Enttäuschung. Will Medizin studieren und nicht in Vaters Geschäft eintreten. Vor allem, weil mein Bruder genau so ist, wie er sich immer einen Sohn gewünscht hat."

„Du hast einen Bruder?"

„Ja, Elia, aber der lebt bei unserer Mutter in Italien."

„Deine Mutter lebt in Italien?"

„Meine Eltern sind geschieden, seitdem Alice in Vaters Leben getreten ist. Alice war Papas Sekretärin. Und Mama wurde krank. Sehr krank. MS."

„Ach du Schreck. Seit wann sind deine Eltern denn geschieden?", fragte Lena.

„Seit zwölf Jahren. Unsere Mutter ist in den Schoß von Papas Familie zurückgekehrt. In einer italienischen Familie lässt man sich nicht scheiden, schon gar nicht von einer kranken Frau. Sie firmiert in Italien immer noch als Papas Ehefrau, Alice wird von der Familie behandelt wie das, was sie mal war: Papas Sekretärin. Meine Mutter hat die volle Unterstützung der Sippe."

„Und euch Brüder hat man auseinandergerissen?"

„Nein, das war unsere Entscheidung. Mein Bruder wollte mit unserer Mutter nach Italien, ich wollte in Deutschland bleiben."

„Wie alt ist dein Bruder?"

„Dreiundzwanzig", sagte er. „Und er ist mit Begeisterung ins Familiengeschäft eingestiegen."

„Was hat dein Vater denn für ein Unternehmen?",
fragte Lena.

„Nahrungsmittel. Molkereiprodukte. Mozzarella,
Burrata und so. Und ein Obst-und-Gemüse-Import-
Export-Geschäft."

„Und deine Stiefmutter. Alice?"

Er zuckte mit den Achseln. „Ich komme gut mit ihr
aus. Der ist es egal, was ich mache, Hauptsache, ich
störe sie nicht. Sie sagt zu allem Ja und Amen, was
mein Vater will, solange sie ihre Ruhe hat. Alice ist har-
moniesüchtig. Oder bequem. Oder beides."

„Und deine richtige Mutter, besuchst du sie oft?"

„Ein-, zweimal im Jahr, das reicht mir dann wieder
für eine Weile."

„Wieso arbeitest du nicht in Sizilien in den Semesterferien?", fragte Lena.

„Sizilien ist nicht meine Welt, Lena! Mongerbino.
Ich bitte dich."

„Chiara hat mir Fotos gezeigt. Mega!"

„Und hat dir sicher von ihrer Zitronenlimonade
vorgeschwärmt. Mongerbino ist ein Vorort von Bagheria. Kennst du das Dreieck des Todes?"

Lena schüttelte den Kopf. „Nein, was ist das?"

„Bagheria ist eine der drei berühmt-berüchtigten
Mafia-Städte. Hast du nie von der Eisenfabrik gehört,
in der mehr als einhundert Menschen in einem Säurebad ermordet wurden?"

„Ach du Scheiße", entfuhr es Lena.

„Du sagst es. Da muss ich nun wirklich nicht hin."

„Ist deine Familie …" Lena ließ den Satz in der Luft hängen.

„Frag nicht …", sagte Luca.

Dass die Lombardis nicht arm sein konnten, hatte Lena bereits vermutet. Und tatsächlich residierte die Familie standesgemäß in Grünwald in der Dr.-Max-Straße. Die Villa erwies sich als eine gelungene Mischung aus einem typisch bayerischen Waldlerhaus und einem Bungalow der Siebzigerjahre des vergangenen Jahrhunderts. Groß, weiß verputzt und mit viel Holz verkleidet.

Als Luca auf die Auffahrt vor der Garage fuhr und hupte, öffnete sich die Tür, und eine hochgewachsene Frau mit langen, blonden Haaren in Lederhosen und einer weißen Bluse trat lächelnd heraus.

„Wahnsinn!", rief sie. „Sie hat ihn dir wirklich geschenkt!"

„Meine Stiefmutter", murmelte Luca, während er ausstieg.

Lena konnte es nicht fassen, die Frau sah keinen Tag älter aus als dreißig.

Luca begrüßte Alice mit einem Kuss auf die Wange. „Das ist Lena. Tante Chiara hat dir bestimmt von ihr erzählt."

Die Frau kam auf sie zu und reichte ihr ihre elegante, manikürte Hand. „Schön, Sie kennenzulernen, Chiara hat mir bereits von Ihnen berichtet. Kommen

Sie doch bitte rein!", sagte sie, ganz die routinierte Gastgeberin.

Der Kontrast zwischen der herzlichen, rauen Art von Tante Chiara und dem zurückhaltenden, leicht distanzierten Auftreten von Lucas Stiefmutter hätte nicht größer sein können.

„Was hast du mit der alten Zecke angestellt, dass sie das Auto rausrückt?", fragte sie Luca.

„Nichts, ich war völlig überrascht. Sie hat offensichtlich einen Narren an Lena gefressen und wollte sicherstellen, dass wir gut nach Berlin kommen."

„Ihr fahrt also morgen weiter?"

„Ja, gleich nach dem Frühstück. Ist mein Vater heute Abend zu Hause?"

„Wahrscheinlich", sagte sie, „man weiß das bei ihm ja nie."

Lena folgte den beiden in eine mit Marmor gefliste Vorhalle. „Wow", sagte sie, „schon wieder so viel schöner Marmor. Ihre Familie hat wohl eine Vorliebe für Carrara-Marmor."

Luca lachte. „Unsere Familie hat für alles eine Vorliebe, was gut und teuer ist. Mein Onkel Alessandro besitzt einen Steinbruch in der Toskana in der Nähe von Carrara, wir exportieren die Steine in die ganze Welt."

Aha, dachte Lena. Da steckte Lucas Vater also auch mit drin.

Lucas Stiefmutter führte sie in den ersten Stock,

wo sie ihr ein in warmen Rosenholztönen eingerichtetes Gästezimmer anbot. Sie bedankte sich freundlich und schloss die Tür hinter ihr. Sie brauchte ein wenig Ruhe und Zeit zum Nachdenken. Auch hier schloss sich ein kleines Badezimmer an das Gästezimmer an, man war offensichtlich auf regelmäßigen Besuch vorbereitet. Kein Wunder angesichts der in alle Welt verstreuten Familie.

Nach einer erfrischenden Dusche fand sie sich wie verabredet um sieben Uhr im Erdgeschoss in dem großen Wohnzimmer ein, wo Alice bereits Getränke bereitstellte. Von dem Wohnzimmer, das mit einem überdimensionalen Perserteppich ausgestattet war, schaute man auf die − natürlich mit Marmor geflieste − Terrasse, von der aus man in einen sehr gepflegten Garten kam. Der Rasen sah aus wie mit der Nagelschere gekürzt, die Büsche rechts und links von dem Grundstück waren zum Teil in Tierformen geschnitten. Hier hatte sich zweifellos ein Gärtner ausgetobt.

Lena setzte sich in einen der ultramodernen blassgrünen Sessel, der bequemer war, als er aussah, und ließ sich von Lucas Mutter eine gekühlte Cola mit Eis und Zitrone reichen. Die Sessel bildeten einen interessanten Kontrast zu dem schönen Barockschrank, der geöffnet als Barschrank diente. In der Ecke stand eine große, hölzerne Marienfigur. Lena stand auf, um sie näher zu betrachten.

„Lena ist so etwas wie Kunstexpertin, das ist so

ziemlich das Einzige, was wir bisher herausgefunden haben", sagte Luca. „Sag uns, was ist das, Lena?"

„Hölzerne Madonna mit Kind", sagte sie und strich über das geschnitzte Mariengewand. „Wahrscheinlich Lindenholz, ich würde sagen, diese Figur stammt aus dem Umkreis von Tilman Riemenschneider. Auf jeden Fall so um die 1500. Sie ist echt, oder?"

„Das wollen wir doch schwer hoffen", sagte eine dunkle männliche Stimme hinter ihr. Lucas Vater war eingetroffen. Er kam mit ausgestreckter Hand auf sie zu. Der Mann reichte seiner Frau knapp bis zur Schulter. Was Lucas Vater an körperlicher Größe mangelte, machte er durch seine Präsenz wett. Mit seinem Lachen füllte er den Raum.

„So, so, Tante Chiara hat also für dich das Dissertationsthema beschafft. Brav", sagte Herr Lombardi und schüttelte ihr die Hand. „Hübsches Dissertationsthema, verzeihen Sie, meine Liebe."

Wenn er sauer darüber war, dass sein Sohn nicht in seine Fußstapfen trat, dann konnte er es gut verstecken.

„Was gibt es denn zum Abendbrot?", wollte Lucas Vater von seiner Frau wissen.

„Auberginenauflauf. Antoniella hat heute einen freien Tag, wie du weißt."

„Oh je, dann musst du ja arbeiten. Wie ungünstig. Hättet ihr nicht an einem anderen Tag kommen können? Du weißt doch, Luca, dass Antoniella jeden Freitag frei hat."

Lena machte sich ganz klein in dem riesigen Fauteuil, um die Selbstdarstellung der Familie Lombardi nicht zu stören.

Wenn die Worte von Herrn Lombardi Lucas Stiefmutter verletzt hatten, dann ließ sie es sich nicht anmerken.

„Kommt ihr bitte zu Tisch?", sagte sie und wies in den angrenzenden Raum, wo ein Esstisch bereits weiß gedeckt war. Sie zeigte Lena einen Platz gegenüber von dem riesigen Fenster zum Garten.

„Ich helfe dir, Alice", sagte Luca und folgte seiner Stiefmutter in die Küche.

„Können Sie kochen?", fragte Lucas Vater Lena.

„Ich weiß es nicht", gab sie zu.

„Schrecklich, diese Frauen, die nicht kochen können, vor allem die, die nicht Kochen lernen wollen, weil sie sich dadurch gedemütigt fühlen. Ist Ihnen mal aufgefallen, dass in den letzten Jahren hauptsächlich Männer in der Küche stehen, wenn Besuch erwartet wird? Das ist nichts anderes als Selbstverteidigung."

Lena musste lachen.

„Dafür spielt meine Frau gut Golf. Handicap sechs. Das werde ich nie schaffen", sagte er.

Luca kam mit dem dampfenden Auberginenauflauf aus der Küche, gefolgt von Alice, die eine Flasche Weißwein und eine Flasche Wasser in der Hand hielt. Lena beschloss, dass sie es irgendwie schaffen musste, sich mit Lucas Stiefmutter unter vier Augen zu unterhalten, sie wollte mehr über die Familienverhältnisse erfahren.

Das Vorhaben erwies sich als weniger kompliziert als gedacht. Nach dem Essen wollte Lucas Vater mit seinem Sohn eine Probefahrt mit „der geilen Karre" machen, wie er Chiaras Mercedes nannte.

Als die beiden gegangen waren, half sie Alice, den Tisch abzuräumen. In einer Nische an der Wand hingen ein paar Familienfotos. Lena schaute sie sich an. Ein Foto zeigte zwei Jungen Arm in Arm.

„Ist das Lucas Bruder?", fragte sie Alice.

„Ja, unverkennbar, die beiden sehen einander ähnlich wie Zwillinge, dabei ist Luca zwei Jahre älter als Elia."

In der chromblitzenden Küche fragte Alice Lena, ob sie noch ein Glas Weißwein wolle.

„Ich glaube, ich vertrage nicht so viel Alkohol, ich bin schon bei Chiara jeden Abend angeheitert gewesen", sagte Lena.

„Bei den Lombardis bleibt einem kaum etwas anderes übrig als zu trinken", sagte sie und schenkte sich im Stehen ein weiteres Glas Weißwein ein.

„Italiener trinken mehr Alkohol als Deutsche", sagte Lena.

„Das ist keine Frage der Nationalität."

„Es ist wohl nicht so einfach, mit einem Sizilianer verheiratet zu sein", wagte Lena sich vor.

„Ich war ja gewarnt, so ist es nicht. Was meinen Sie,

was meine Eltern gesagt haben, als ich mit einem ‚Itaker' ankam, wie sie ihn nannten. Die hatten viel schneller durchblickt, was mich in dieser Familie erwarten würde, als ich."

„Nachdem ich Tante Chiara kennengelernt habe, dachte ich, dass die Familie von Frauen geführt wird", sagte ich.

„Als ich meinen Mann kennenlernte, war Chiaras Mann der Capo der Familie. Selbst mein Schwiegervater stand stramm, wenn der Onkel eine Entscheidung fällte. Jetzt ist Chiara die Spinne, bei der die Fäden zusammenlaufen."

„Sie war unfassbar nett zu mir", sagte Lena.

„Sie hat Sie ausgesucht", sagte Lucas Stiefmutter.

„Wie meinen Sie das?"

„Merken Sie denn nicht, was sie will?"

Lena schüttelte den Kopf. Was meinte sie?

„Sie will, dass Sie Luca auf den rechten Pfad der Tugend zurückbringen."

„Auf den rechten Pfad der Tugend?"

„Luca ist schwul, wussten Sie das nicht?"

Ach, deshalb hat er sich noch nicht an mich herangemacht, dachte Lena. Irgendwie fühlte sie sich befreit.

„Muss wohl an meinem Dachschaden liegen, dass ich es nicht gemerkt habe", sagte sie lachend.

Sie hörten, wie das Cabrio in die Garage gefahren wurde.

Als Lena in dem rosenholzfarbenen Gästezimmer

im Bett lag, merkte sie erst, wie angestrengt sie war. Ihr Rücken schmerzte, Beine und Schultern waren verkrampft. Dazu hatte sie starke Kopfschmerzen. Beim Blick in den Spiegel hatte sie festgestellt, dass sie sich beim ungewohnten Cabriofahren wohl einen heftigen Sonnenbrand zugezogen hatte, obwohl Luca das Verdeck bereits nach einer kurzen Strecke auf der Autobahn heruntergelassen hatte, da es viel zu laut war und sie von Chiara ein Basecap geschenkt bekommen hatte, damit ihr lädierter Schädel geschützt war.

Jede Straßenunebenheit war in dem Oldtimer fühlbar gewesen, zumal ihr Kopf immer noch nicht ganz genesen war, obwohl sie den Verband hatte entfernen können. Langsam löste sich die Panik, die sie fast gelähmt hatte, seitdem sie mit Luca in einem Auto saß.

Lena streckte und reckte sich in dem bequemen Bett und schloss die Augen. Hinter ihren geschlossenen Lidern erschien der makellose, unbekleidete Rücken von Luca, als er sie die eine Nacht unter die Dusche geführt hatte. Er war durch keine Narbe entstellt gewesen.

Schlagartig wurde ihr klar, was das bedeutete.

Berlin-Schlachtensee

Am nächsten Tag fuhren sie nach einem ausgiebigen Frühstück auf der Marmorterrasse schnell wieder los.

„Alice meint, dass Tante Chiara mich mitgeschickt hat, um dich auf den Pfad der Tugend zurückzubringen", sagte Lena, die seit dem Vorabend das dringende Bedürfnis hatte, über das Thema mit Luca zu reden. Sie war heute um einiges entspannter als gestern.

„Alice ist schlauer, als sie aussieht", sagte Luca.

„Sie hat also recht?"

„Bestimmt. Du hast doch mitbekommen, dass Tante Chiara erzkatholisch ist. Auch wenn ihre Vorstellungen von Recht und Moral, wie soll ich sagen, ausgesprochen sonderbar sind, Homosexualität ist in ihren Augen eine Krankheit, von der man geheilt werden kann. Es ist nicht so, dass sie homophob wäre. Sie macht sich eher Sorgen, dass ein Mann ohne Frau nicht zurechtkommt."

„Weil Frauen für den Erfolg ihrer Männer verantwortlich sind?", fragte Lena in Erinnerung an Chiaras Theorie.

„Ja, so ungefähr", sagte Luca und warf Lena einen Blick zu.

„Ich war ein wenig verwundert über Chiaras Einstellung zu der Rolle von Frauen."

„Da hat sie sich auch was zurechtgelegt, wenn du mich fragst."

„Wie steht sie denn zu deiner Mutter?", fragte Lena.

„Sie hält treu zu meiner Mama. Für sie ist Alice nur eine Fußnote im Buch des Lebens meines Vaters, etwas, das vorbeigeht wie ein Regenschauer. Mein Vater hat sich durch die Heirat mit ihr verirrt, wird aber irgendwann wieder auf den rechten Pfad zurückfinden."

„So unrealistisch kam sie mir gar nicht vor", sagte Lena.

„So denkt sie aber. In der Zwischenzeit leitet meine Mutter das Familienunternehmen von Mongerbino aus." Lena schauderte.

„Deine Mutter arbeitet in dem Unternehmen deines Vaters?"

„In Chiaras Verständnis leitet Mama vom Rollstuhl aus das Unternehmen, während Papa nur der Münchner Geschäftsführer ist."

„Und, stimmt das?"

„Jeder sieht durch seine Brille", sagte Luca etwas sibyllinisch.

„Und wie ist es mit deinem Onkel in Berlin und seiner Frau, hat der auch nichts zu sagen?"

„Onkel Enrico?" Luca lachte. „Onkel Enrico hat die richtige Frau gefunden, darüber herrscht Einigkeit in der Familie. Gabriella hält ihm den Rücken frei, organisiert Charity-Events, Kunstmessen und Performances. Sie kümmert sich um das Ansehen ihres Mannes und seiner Firma. Gabi ist in Berlin so etwas wie eine Prominente, die geborene Networkerin. Sie knüpft die Connections, er macht die Arbeit. Die beiden ergänzen einander prächtig."

„Was für eine Art von Geschäft hat Onkel Enrico denn?"

„Immobilien. Er hat nicht nur eine Baufirma, er ist auch Developer, entwickelt ganze Stadtgebiete, kauft alte Häuser auf, saniert sie und verkauft sie als Eigentumswohnungen. Außerdem baut er überall mit, wo gebaut wird, am BER, in Stuttgart 21, am Alexanderplatz."

„Haben die beiden Kinder?"

„Ja, natürlich, drei."

„Und leben die auch in Berlin?"

„Nö. Mein Cousin Gasparo lebt in L. A., und Cousin Benito wohnt in Antwerpen. Nur meine Cousine Angela ist in Berlin, sie ist übrigens Ärztin."

„Und arbeiten die Söhne in Onkel Enricos Unternehmen?"

„Benito ja, der ist nach seinem BWL-Studium nach Belgien gegangen und ist in den Obst- und Gemüsehandel eingestiegen. Gasparo versucht sich als Schauspieler. Mit überschaubarem Erfolg, wie mir scheint. Aber meine Tante und mein Onkel unterstützen ihn. Sie hoffen wohl immer noch darauf, dass einer der ihren eine große Hollywood-Karriere hinlegt."

„Spannende Familie!", sagte Lena.

Und dann kam der Berliner Ring in Sicht. Lena spürte, wie ihr Herz ein wenig schneller schlug. *Bald*, sagte sie sich, *ganz bald bin ich zu Hause.* Obwohl sie wusste, dass sie in der Höhle des Löwen landen würde, fühlte sie sich auf heimischem Terrain sicherer.

Luca nahm die Autobahnausfahrt am Kreuz Zehlendorf. „Kommt mir irgendwie bekannt vor", sagte sie zu Luca.

„Ich dachte mir, dass es dir hilft, wenn du in vertraute Gefilde kommst", sagte er und bog links in die Spanische Allee ein. Er gab Lena sein iPhone, damit sie ihm den Weg zur Terrassenstraße eingab.

„Brauche ich nicht", sagte Lena und führte ihn souverän Richtung Schlachtensee. Die Terrassenstraße war wohl eine der begehrtesten Wohnlagen Berlins.

„Du kennst dich also hier aus", stellte Luca fest.

„Ich habe dir doch gesagt, dass ich mich an viele Bauwerke im Berliner Südwesten erinnere."

„Die Villa von Onkel Enrico liegt in vorderster Reihe, Blick auf den Schlachtensee inklusive", kündigte Luca an.

„Wow!", entfuhr es Lena, als Luca vor dem riesigen Anwesen parkte, dagegen nahm sich das Haus von Lucas Vater eher bescheiden aus. „Das ist aber keine Villa, sondern ein Landhaus", erklärte Lena.

„Wo ist denn der Unterschied?", fragte Luca.

„Villen haben ein Souterrain und eine Beletage. In

der gab es früher stets einen Wintergarten, von dem aus man auf den Garten schaute. Man ging nicht in die Sonne, und Gartenarbeit war nur etwas für Bedienstete. Anfang des vorigen Jahrhunderts kam dann die englische Architektur in Form von Landhäusern in Mode, wo Erdgeschoss und Garten auf einer Ebene sind und der Garten von den Bewohnern als Erholungsgebiet genutzt wird. Dieses Landhaus steht doch mit Sicherheit unter Denkmalschutz, Hermann Muthesius, würde ich denken."

„Du hast wirklich Ahnung von Architektur", stellte Luca fest.

„Ich nehme an, dass ich mal irgendwo hier in der Gegend gewohnt habe. Oder studiert? Keine Ahnung."

„Das kommt wieder. Lass uns reingehen."

Tante Gabriella hatte sie offenbar von drinnen entdeckt und öffnete das breite Tor zur Doppelgarage. Sie war etwas fülliger als Alice, aber genauso blond. Gabriellas Alter war schwer zu schätzen, man sah ihr die gepflegte Dame der Gesellschaft an.

„Hier herein, damit das gute Stück geschützt ist", sagte sie und wies Luca den Weg zu dem freien Garagenplatz. „Herzlich willkommen!" Sie öffnete die Autotür auf Lenas Seite. „Ich bin Gabi", stellte sie sich vor.

„Lena."

Luca umarmte seine Tante zur Begrüßung. Die Umarmung fiel, wie Lena schien, um einiges herzlicher aus als bei seiner Stiefmutter.

„Tante Chiara hat mir schon gesagt, dass sie dir den Mercedes mitgegeben hat", sagte Gabi. „Tolles Gefährt!"

Gabi leitete die Gäste durch den Seiteneingang hinein in das Haus. Auch hier Carrara-Marmor, so weit das Auge blickte.

„Wie war denn die Fahrt?", erkundigte sich Gabi bei ihrem Neffen.

„Anstrengend, ehrlich gesagt. Man ist es ja nicht mehr gewohnt, einen Schaltwagen zu fahren, dazu noch mit Zwischengas und ohne Servolenkung. Ich fürchte, ich habe Muskelkater."

„Dann braucht ihr jetzt dringend was zu trinken! Oder lieber Kaffee?", fragte Gabi.

„Kaffee wäre schön", sagte Luca, „einen kleinen Frischekick könnte ich jetzt brauchen. Du auch, Lena?"

Sie nickte.

„Na dann, ab mit euch auf eure Zimmer, stellt eure Sachen ab, und wir treffen uns dann auf der Terrasse, ist noch so schön heute draußen."

Terrassenstraße

Gabriella hatte ihre Gäste auf einem mit Kies ausgelegten Platz mitten in dem gepflegten Landhausgarten zu Kaffee und Meringata eingeladen. Lena half ihr, die Tassen und Teller zu dem unter einem großen weißen Sonnenschirm stehenden Eisentisch zu bringen. Man konnte den See von hier aus im Winter sicher gut sehen, jetzt war der Blick auf den Schlachtensee vom dichten Grün der Bäume verdeckt.

„Superschön, diese Mixed Borders", bewunderte Lena die in Blau, Weiß und Rosa leuchtenden Blumenbeete links und rechts von dem Sitzplatz.

„Das ist Gabriellas Hobby", sagte Luca.

„Kein Gärtner?", fragte Lena ihre Gastgeberin.

„Doch, klar, für den Rasen und die Buchsbaumhecken, aber die Blumenbeete sind mein Ding. Das ist ein wunderbarer Ausgleich, ich kann stundenlang auf der Erde liegen und im Dreck wühlen", erklärte Gabriella. „Sie müssen sich unbedingt nachher meine Rosenbeete ansehen, ich experimentiere mit alten Rosensorten und versuche, neue zu züchten."

„Was für ein tolles Hobby!", sagte Lena. „Ich habe

schon die vielen schönen Blumensträuße in Ihrem Haus bewundert. Stecken Sie die Blumen auch selbst?"

„Ja, natürlich, das ist doch das Schönste, da kann ich meine ganze Kreativität ausleben", sagte Gabi. „Erzähl, Luca, wie geht es deinen Eltern?"

In dem Moment rief jemand an der Ecke des Hauses: „Hu hu!"

„Ach, ich habe vergessen, euch zu sagen, dass kurz meine Freundin Susanne vorbeikommt. Wir organisieren gemeinsam einen Rosenball zugunsten der Aktion ‚Kinder in Not‘. Sie bringt mir die frisch gedruckten Einladungskarten." Gabriella stand auf, um ihre Freundin zu begrüßen, die über den schmalen Weg zu dem Sitzplatz kam.

Lena stockte der Atem. „Zeigst du mir die Rosenbeete, Luca?", fragte sie, stand auf und drehte sich um.

„Das kann Tante Gabi bestimmt besser, warte doch, sie will uns sicher ihre Freundin vorstellen."

„Susanne, mein Neffe ist heute mit seiner Freundin gekommen, das sind Luca und Lena."

Zu spät. Susanne hatte sie bereits entdeckt.

„Anna!", rief diese fassungslos und ging mit weit ausgebreiteten Armen auf Lena zu. „Das glaube ich nicht, Anna Schätzchen, wie kommst du denn hierher?"

Lena hatte nur einen Impuls: Wegrennen. Doch dafür war es zu spät. Und jetzt? Sich dumm stellen. Sie war Lena. Lena Breitenbach. Die Frau, die ihr Gedächtnis verloren hatte.

Susanne wollte sie vor den verdutzten Lombardis herzhaft in den Arm nehmen. Lena schaute sie – wie sie hoffte – distanziert an.

„Entschuldigung?", sagte sie kühl und wehrte die Frau ab.

„Sag mal, Anna, was ist denn mit dir?"

„Sie, äh, Sie müssen mich verwechseln", sagte Lena. „Ich bin nicht Anna, ich bin Lena Breitenbach, ich kenne Sie nicht."

„Luca hat Lena in Rom getroffen. Lena ist dort überfallen worden und hat dabei ihr Gedächtnis verloren", erklärte Gabriella ihrer Freundin.

„Mädchen, meine kleine Anna, was machst du denn für Sachen? Das Gedächtnis verloren, komm, erzähl mir, was passiert ist", sagte Susanne und, zu den Lombardis gewandt: „Ich schwöre euch, das ist meine kleine Anna, auch wenn sie ihre Haare dunkel gefärbt hat, meine Anna würde ich überall erkennen, ich bin schließlich ihre Patentante."

Lena erstarrte, aber Susanne war nicht zu stoppen. „Erinnerst du dich denn gar nicht, Kind? Ich bin's, deine Tante Sanne."

Lena schluckte. Was sollte sie tun, was konnte sie tun? Sie musste die Scharade weiterspielen und konnte nur hoffen, dass Tante Sanne nicht ihren ganzen Hintergrund ausplaudern würde.

„Ich hole schnell ein weiteres Gedeck, du hast doch Zeit für einen Kaffee und ein Stück Kuchen?", fragte Gabriella.

„Nicht lange, ich habe gleich einen Termin bei der Physio, aber für ein Stück Kuchen reicht es immer."

„Warte bitte mit dem Erzählen, bis ich zurück bin", rief Gabriella und hetzte ins Haus.

Luca stand auf, nahm Lena in den Arm und führte sie zurück zu ihrem Stuhl. „Komm, setz dich erst mal."

Zu Susanne sagte er: „Sie sind sich also ganz sicher, dass Sie meine Freundin kennen?"

„Hundert Prozent, ich werde doch meine Süße wiedererkennen. Sag mal, wo bist du denn abgeblieben? Du warst nach der Beerdigung deiner Mutter von einer Sekunde auf die andere verschwunden. Wir haben uns alle große Sorgen um dich gemacht."

„Beerdigung? Was für eine Beerdigung? Und wie, sagten Sie, soll ich heißen?", fragte Lena und hoffte, dass Susanne ihren Namen erwähnen würde, bevor Gabriella zurückkam.

„Anna Schreiber. Sie ist die Tochter meiner besten Freundin, die leider im Mai gestorben ist", erklärte sie Luca.

„Sie müssen sich irren", insistierte Lena erneut.

„Du hattest als kleines Kind Schwierigkeiten S und U auszusprechen, deshalb war ich immer Tante Sanne für dich. Erinnerst du dich denn nicht an die dicke

Plüschhummel, die ich dir zu deinem dritten Geburtstag geschenkt habe? Bis du acht Jahre alt warst, bist du nie ohne die Hummel ins Bett gegangen. Ich habe dir gesagt, dass die Hummel SumSum heißt. Damit hast du das S und U sprechen gelernt."

„Ich habe keine Ahnung, wovon Sie reden!", wehrte Lena ab.

In dem Moment kam Gabriella mit Tasse und Teller zurück zu dem Gartensitzplatz.

„Sie sagten, ihre Mutter sei gestorben?", hakte Lucas nach.

„Ja, das ist eine sehr traurige Geschichte. Meine Freundin ist ermordet worden."

„Was? Oh mein Gott! Aber das würde ja bedeuten, dass Lenas Gedächtnisverlust gar nicht aufgrund der Kopfverletzung entstanden ist, sondern vielleicht aufgrund eines vorherigen Traumas!", überlegte Luca.

„Das ist sehr gut möglich, aber habt ihr vorhin von Rom geredet? Warst du in der Zwischenzeit in Rom?", fragte Susanne.

„Ich weiß es nicht, ich kann mich an all das nicht erinnern", sagte Lena, die krampfhaft versuchte, Haltung zu bewahren. Am liebsten hätte sie geschrien: „Halt's Maul, verdammt noch mal!"

„Was sagst du?", fragte Gabriella. „Ermordet? Wieso denn?"

„Das weiß man bis heute nicht. Anna hat ihre Mutter gefunden und ihren Mörder sogar gesehen."

Lena musste mitspielen. Es fiel ihr nicht schwer zu weinen. Ihr liefen unkontrolliert die Tränen aus den Augen.

„Du entsinnst dich!", rief Luca.

Lena schüttelte den Kopf. „Nein, ich habe keine Ahnung, wovon die Frau spricht."

„Luca ist Medizinstudent. Er begleitet Lena, er will seine Dissertation über Gedächtnisverlust schreiben", erklärte Gabriella. „Wie ist ihre Mutter denn gestorben?", fragte sie, während sie Susanne ein Stück von der Torte abschnitt.

„Sie wurde in ihrer Wohnung überfallen. Irgendetwas hat der Mörder gesucht, jedenfalls war sie gefesselt und brutal misshandelt worden. Anna war an diesem Abend mit ihr verabredet gewesen. Und als ihre Mutter nicht kam, ist sie kurzerhand in die Wohnung und hat den Mann überrascht. Sie konnte den Täter zwar vertreiben, aber meine Freundin ist jämmerlich erstickt. Sie war Oberstaatsanwältin hier in Berlin. Annas Mutter hat den Bereich Organisierte Kriminalität in Berlin geleitet. Ihr habt davon bestimmt in der Zeitung gelesen."

Lena schüttelte den Kopf. „Sorry, ich weiß nicht, wovon Sie sprechen."

„Wir müssen so viel wie möglich über diese Anna und die Umstände des Todes ihrer Mutter in Erfahrung bringen, damit ich Lena helfen kann, ihr Gedächtnis wiederzufinden", sagte Luca.

„Ach, meine süße kleine Anna", schwärmte Susanne und erzählte den Lombardis: „Sie war so ein niedliches Kind. Ich entsinne mich noch an eine Begebenheit. Ihr Vater war schon todkrank, als ihre Eltern kirchlich geheiratet haben, und Anna, sie war damals vier oder fünf Jahre alt, sollte Blumen streuen. Auf der halben Strecke durch die Kirche hat das Kind festgestellt, dass sie bereits alle Blumen verstreut hatte. Und was macht die kleine Krabbe? Läuft zurück und sammelt alle Blumen wieder ein. Die engen Freunde hatten alle geflennt, weil wir ja wussten, dass Peter bald sterben würde, aber als Anna die Blumen eingesammelt hat, da mussten wir alle lachen. Es war wie ein Sieg des Lebens über den Tod.“

Lena schaute Luca an. Ihr wurde schlagartig klar, dass jetzt alles Leugnen zwecklos war.

„Die Geschichte kenne ich, irgendwie“, sagte er. „Ich schätze, dass es sich bei Lena tatsächlich um Anna handelt. Wissen Sie, wo Anna gewohnt hat?“

„Ja, na klar, sie hat eine hübsche kleine Dachwohnung am Breitenbachplatz“, sagte Susanne. „Leider ohne Fahrstuhl.“

„Ach, deshalb dachtest du, dass du Breitenbach heißt“, folgerte Luca.

Jetzt war es an Lena zu reagieren. Sie stieß sich aus dem Stuhl hoch und rannte laut schreiend den Gartenweg um das Haus herum.

Luca war sofort hinter ihr. „Lena, so warte doch!“

Lena wollte nur noch eins: weg, weg, weg. So schnell wie möglich.

„Lena, komm zurück, wir helfen dir doch", rief Luca.

Lena stolperte, versuchte sich zu fangen, fiel hin und schrie auf.

Luca war sofort bei ihr. „Was machst du denn, Lena, hast du dir wehgetan?"

Sie versuchte sich aufzurichten und schrie erneut auf vor Schmerz. „Aua." Sie fiel zurück auf den Gartenweg, ihr sprangen noch mehr Tränen aus den Augen. Vor Schmerz oder vor Angst, im Moment hätte sie selbst nicht zu sagen vermocht, was stärker war.

„Du zitterst ja", sagte Luca und hob Lena sanft hoch. Inzwischen waren auch Gabriella und Tante Sanne zu den beiden gekommen.

„Du hast dir wehgetan, nicht wahr? Komm, zeig mal", sagte Luca. „Ich bringe dich auf dein Zimmer."

Lena versuchte aufzustehen und stellte fest, dass sie mit einem Bein nicht auftreten konnte.

Luca legte ihr den Arm um die Schulter und schleppte die heftig humpelnde Lena zur Terrassentür.

„Mein Gott, die arme Kleine", sagte Gabriella. „Susanne, ich glaube, das Mädchen braucht jetzt einfach Ruhe, um das zu verdauen. Sie ist ja vollkommen durch den Wind. Aber sie wird später bestimmt mit dir sprechen wollen. Lass uns doch für heute noch kurz die Einladungskarten ansehen."

Lena sah, wie Gabriella und Tante Sanne zurück zum Kaffeetisch gingen, während Luca ihr ins Haus half. Sie hatte keine Ahnung, wie es weitergehen sollte.

Blitzschnell überschlug sie in Gedanken ihre Möglichkeiten. Sie konnte sich natürlich auf ihren Gedächtnisverlust berufen, aber würde das ausreichen? Dass Tante Sanne ausgerechnet die Trauungszeremonie ihrer Eltern erwähnt hatte, bestätigte zumindest in Lucas Wahrnehmung, dass es sich bei ihr tatsächlich um Anna Schreiber handelte. Lena musste so schnell wie möglich weg aus diesem Haus. Allein, ohne Luca. Sie musste untertauchen, über das Wie und Wo würde sie später nachdenken.

Aber wie sollte sie von hier wegkommen? Im Moment konnte sie jedenfalls nicht laufen. Vielleicht war tatsächlich etwas gebrochen. Sollte sie Luca bitten, den Rettungsdienst zu rufen, damit sie ins nächste Krankenhaus gebracht werden konnte? Er würde darauf bestehen, mitzukommen. Aber im Krankenhaus könnte sie ihn besser loswerden als hier. Sie war in diesem Haus in höchster Gefahr.

Luca schleppte Lena die Treppe hoch in das Gästezimmer und zog ihr die Jeans aus, um sich ihr Bein anzuschauen.

„Zumindest hast du dir ganz schön viel Haut abgeschabt bei deinem Sturz", sagte er und befingerte vorsichtig Lenas rechtes Bein. „So was ist sehr schmerzhaft und kann sich schnell infizieren, ich werde das gleich mal desinfizieren."

Luca versuchte, ihren Unterschenkel zu bewegen. Lena schrie auf. „Hier tut es weh?", fragte er und drehte den Fuß vorsichtig nach links und nach rechts.

„Hör auf!", schrie Lena.

„Könnte sein, dass dein Unterschenkel angeknackst ist", sagte er.

„Wäre es nicht besser, mich ins Krankenhaus bringen zu lassen?"

In dem Moment hörte sie, wie jemand laut ins Haus rief: „Hey sono qui!"

„Ich sage nur schnell Onkel Enrico guten Tag, und dann hole ich Jod und einen Eisbeutel", sagte Luca und verschwand aus ihrem Zimmer.

Quasi bewegungsunfähig lag Lena auf dem Bett. Es war sowieso unmöglich, aus dem Haus zu verschwinden, ohne gehört und gesehen zu werden.

Durch die geöffneten Fenster hörte sie, wie Tante Sanne sich von Gabriella verabschiedete und Luca seinen Onkel begrüßte. Da Luca mit seinem Onkel Italienisch sprach, verstand sie kein Wort.

Nach kurzer Zeit kam Luca mit einem Verbandskasten und mehreren Eispads zurück in Lenas Zimmer. Er reinigte ihre Wunde, desinfizierte sie, schmierte Betaisodona darauf, klebte ihr ein steriles Pflaster auf das Knie und wickelte die Eispads um Lenas Unterschenkel, den er damit ein wenig stabilisierte.

„Ihr seid ja bestens ausgerüstet", sagte Lena.

Luca sagte gar nichts. Er schien zu lauschen, worüber sein Onkel Enrico und Tante Gabriella redeten. Es war relativ still geworden, Lena konnte nur noch Zischlaute hören.

„Seit wann weißt du, dass du Anna bist?", fragte Luca Lena.

„Ich bin Lena und nicht Anna."

„Es wäre besser, wenn du mir die Wahrheit sagen würdest", sagte er. In so einem drohenden Ton hatte er noch nie mit ihr gesprochen. „Es war also kein Zufall, dass wir uns am Trevi-Brunnen getroffen haben?", fragte er.

„Wie kommst du denn darauf?"

„Sag mir die Wahrheit, sonst kann ich dir nicht helfen!"

„Bring mich ins Krankenhaus, bitte!"

„War unser Zusammentreffen am Trevi-Brunnen ein Zufall oder nicht?"

„Ich habe keine Ahnung, wovon du sprichst. Luca, ich bin's, Lena. Ich erinnere mich einfach nicht an all das, was die Frau eben gesagt hat. Meinst du, dass sie recht haben könnte?" Lena glaubte, dass nur Naivität sie schützen würde.

„Du scheinst eine gute Schauspielerin zu sein, meine Liebe", sagte er. „Was willst du hier, was wolltest du bei Tante Chiara?"

„Wie meinst du das, was glaubst du denn, was ich

dort wollte? Du hast mich doch dorthin gebracht und hierher. Was also will ich hier? Mein Gedächtnis wiederfinden, hallo, du entsinnst dich?"

„Das ist meine Familie, verdammt noch mal!"

„Du weißt, dass ich Tante Chiara wirklich gern habe. Und dich auch, das kannst du mir glauben", sagte Lena.

„Du spionierst uns aus, das ist es, was ich glaube."

„Wieso sollte ich euch ausspionieren, was sollte mich deine Familie interessieren?", fragte Lena.

Luca setzte sich auf ihr Bett und sah sie an. „Ich habe eben gehört, was Tante Gabriella zu Onkel Enrico gesagt hat. Komm, Anna, Lena, ach, was weiß ich, gib es zu, du warst nicht auf Wochenendbesuch in Rom. Es gab einen Grund, warum du dort warst, und es gab einen Grund, warum wir beide uns am Trevi-Brunnen getroffen haben, nicht wahr?"

Lena blieb nicht mehr als zu heulen, während sie fieberhaft nachdachte, was zu tun war.

„Du hast nur eine Chance, hier lebend rauszukommen, und das bin ich", sagte Luca leise. „Ich will genau wissen, was passiert ist."

„Wie meinst du das, hier lebend rauszukommen?"

„Wie gesagt, ich habe gehört, wie meine Tante meinen Onkel gewarnt hat."

„Was hat sie gesagt?"

„Hattest du jemals eine Amnesie, oder war das alles gespielt?", fragte Luca.

„Ich wusste wirklich nicht, wer ich bin. Wer ich war", gab Lena zu. „Ich habe wirklich geglaubt, ich wäre Lena Breitenbach, mehr als dieser Name fiel mir nicht ein, ehrlich nicht."

Luca sah Lena durchdringend an. Zum ersten Mal hatte Lena Angst vor dem Mann, den sie bis vor kurzem als ihren Retter angesehen hatte.

„Solche Zufälle gibt es nicht!", konstatierte er kühl.

„Was für Zufälle?"

„Lena, Anna, Anna-Lena, ich muss das erst mal für mich selbst klarkriegen", sagte er, stand auf und verließ ihr Zimmer.

Was sollte sie tun? Wie sollte sie hier wegkommen? Sie konnte schließlich nicht im ersten Stock aus dem Fenster springen. Und noch weniger konnte sie die breite Treppe hinunterhumpeln, ohne gehört zu werden. Schnell weglaufen lag nicht im Bereich ihrer Möglichkeiten. Sollte sie sich in dem Zimmer verschanzen? Aber hier gab es kein Telefon, sie hatte immer noch kein Handy, wie konnte sie hier den Lombardis entkommen?

Die Schmerzen wurden schlimmer, Lena war schweißgebadet. Bekam sie Fieber?

Draußen war es mittlerweile dunkel geworden, Lena traute sich nicht, Licht zu machen, vor allem zumal sie sich kaum bewegen konnte. Hätte sie Luca die Wahrheit sagen sollen? Würde er ihr dann tatsächlich helfen? *Das ist meine Familie*, hatte er gesagt.

Blut war immer dicker als Wasser. Und deine Familie hat meine Familie ausgelöscht. Was meinst du, wie dick Blut sein kann, dachte sie trotzig.

Sie lauschte in die Dunkelheit. Irgendwann kam Luca und brachte ihr ein Tablett mit einer Flasche Wasser und einem gefüllten Wrap.

„Abendbrot. Wie geht es dir?", fragte er.

„Bescheiden."

Er fühlte ihre Stirn. „Ich fürchte, du hast Fieber", sagte er und schaute sich ihr Knie an, das dick geschwollen war. „Hhm, scheint doch angeknackst zu sein." Er gab ihr eine Tablette. „Hier, nimm die, gegen die Schmerzen."

„Willst du mich vergiften?"

„Du hältst mich für einen Mörder? Das ist eine Ibuprofen, verdammt!"

„Kannst du keinen Krankenwagen rufen?"

„Du hast mir nicht die Wahrheit gesagt, bis dahin musst du leider hierbleiben."

„Luca, ich …"

Er stand schon an der Tür. „Ja?"

„Ich habe Angst!"

„Ich auch", sagte er und schloss die Tür hinter sich. Sie hörte, wie ein Schlüssel im Schloss gedreht wurde. Hatte er sie etwa eingeschlossen?

Sie konnte nicht aufstehen, um das zu prüfen. Es war nicht nur das Knie, das wie die Hölle brannte, ihre ganze rechte Seite war so schmerzempfindlich, dass sie nicht mal genau wusste, wie sie liegen, geschweige denn aufstehen sollte.

Das also war jetzt ihr Ende. Enrico Lombardi, den sie nicht nur für den Überfall auf ihre Mutter, sondern auch für den Tod ihres Vaters verantwortlich machte und bei dem seit drei Jahrzehnten die Fäden in Berlin zusammenliefen, würde sie beseitigen müssen. Das würde er natürlich nicht eigenhändig tun, deshalb, so glaubte sie, würde sie zumindest in dieser Nacht noch sicher sein in diesem Haus.

Lombardi brauchte bloß mit den Fingern zu schnippen, und dann schickte man ihm aus Italien einen von den jungen Männern, die sich in der Familie noch beweisen mussten. Niemand kannte diese Männer in Deutschland, sie verschwanden ebenso geräuschlos, wie sie gekommen waren. Auftrag erledigt und tschüss. Anna Schreiber konnte diesmal sogar so beseitigt werden, dass niemand nach ihr suchen würde, denn Anna Schreiber war bereits vor Monaten spurlos aus Berlin verschwunden. Anna Schreiber gab es einfach nicht mehr.

Und wenn etwas schiefging, dann hatte man ja die Tochter, die Ärztin war und bei der man seine Wunden behandeln lassen konnte. Würde Luca auch so einer von den Ärzten werden, die für die Familie arbeiteten? Lena war sich ziemlich sicher, dass die Tochter der Lombardis die Schusswunde behandelt hatte, die sie dem Täter zugefügt hatte.

Irgendwann musste Lena doch eingeschlafen sein,

denn sie wurde von dem Geräusch eines Schlüssels wach. Panisch schaute sie zur Tür.

„Pst, Lena, ich bin's", sagte Luca und schloss die Tür hinter sich.

„Wie spät ist es?", fragte Lena. Sie fühlte, dass sie hohes Fieber hatte, sie war schweißgebadet.

„Kurz vor fünf Uhr morgens." Er sah sie besorgt an. „Ich habe nachgedacht."

„Und?"

„Ich bringe dich jetzt ins Krankenhaus. Unter einer Bedingung: Du musst mir versprechen, nichts gegen meine Familie zu unternehmen."

„Und du würdest mir glauben, wenn ich dir das verspreche?", fragte Lena.

„Was soll ich sonst tun?"

„Du glaubst mir ja auch nicht, dass ich wirklich keine Erinnerung hatte."

„Ich glaube auch nicht an den Weihnachtsmann."

„Ich war nicht zufällig am Brunnen. Da hast du recht. Ich bin in den Unterlagen meiner Mutter auf den Namen Lombardi gestoßen. Und dann habe ich begonnen zu recherchieren."

„Wonach?"

„Ich habe den Mörder meiner Mutter gesehen, ich habe ihn sogar angeschossen. Mit dem Namen habe ich Tausende von Fotos im Netz ausgewertet."

„Und dann hast du mein Bild gefunden?", fragte Luca.

„Ganz genau. Ich habe dich auf Instagram gesehen. Luca Lombardi, am Trevi-Brunnen. Touri-Guide."

„Und in dem Moment, wo du mich tatsächlich am Trevi-Brunnen getroffen hast, wurdest du beklaut. Und bist auf den Kopf gefallen. Aber es war nicht der Fall, der die Amnesie ausgelöst hat, sondern die Tatsache, dass du glaubtest, den Mörder deiner Mutter zu sehen, stimmt's?"

„Vermutlich", stöhnte Lena, die versucht hatte, sich im Bett aufzusetzen.

„Der Mörder deiner Mutter wurde doch mit Zeichnungen gesucht, ich habe sie eben im Netz gefunden. Die Tatsache, dass ich dich nicht erkannt habe, hätte dir doch sagen müssen, dass ich nicht der Täter war, den du angeschossen hast."

Aha, dachte Lena, *er hat also im Internet recherchiert.* „Ich habe mich optisch ziemlich verändert. Hattest du nie von dem Vorfall in Berlin gehört?"

„Nein, nie, das schwöre ich dir."

„Und dir war nicht bewusst, dass deine Familie zur italienischen Mafia gehört?"

„Natürlich war mir das bewusst. Man entkommt dem nicht."

„Du siehst wirklich aus wie der Mann, der meine Mutter umgebracht hat", sagte Lena.

„Du weißt, dass ich einen Bruder habe, der in Sizilien lebt."

„Ja, das ist mir dann auch klar geworden, als wir bei deinen Eltern waren."

„Seit wann weißt du, dass du Anna bist?"

„Seitdem ich mit Tante Chiara auf der deutschen Botschaft war", sagte Lena. „Ich habe so einen Schreck bekommen, als die Kraushaar sagte, dass es keine Lena Breitenbach in Berlin gäbe, dass ich kurz ohnmächtig geworden bin. Und als ich wieder zu mir kam, war alles wieder da. Was hätte ich denn tun sollen, hätte ich das etwa Tante Chiara berichten sollen?"

„Und du warst nur meinetwegen in Rom?"

„Ja", log Anna.

„Gut", sagte Luca. „Ich bringe dich jetzt in ein Krankenhaus."

Die Flucht

„Du darfst keinen Laut von dir geben, ich werde dich jetzt in die Garage tragen", sagte Luca. „Nicht mal ein Stöhnen vor Schmerz. Willst du dir ein Taschentuch zwischen die Zähne legen?"

„Es wird schon gehen", sagte Anna.

„Mein Onkel und meine Tante schlafen im Erdgeschoss links. Wir müssen rechts zur Garage. Dazwischen liegt der große Salon, das größte Problem ist die Treppe. Die knarrt gewaltig. Wir können nur hoffen, dass die beiden im Tiefschlaf sind."

„Hören die nicht, wenn du das Auto aus der Garage fährst?"

„Klar hören sie es, aber bis sie kapieren, was los ist, und aufgestanden sind, sind wir schon auf der Straße. Vorausgesetzt, wir wecken sie nicht vorher auf."

„Danke, dass du das tust", sagte Anna.

„Na dann", sagte Luca und versuchte, sich Anna über die Schulter zu legen. Sie fiel unsanft zurück aufs Bett und gab einen kleinen Schmerzensschrei von sich.

„Wenn uns das unten passiert, kommen wir hier nicht weg. Also nimm bitte was zwischen die Zähne, du bist nicht so leicht, wie du aussiehst, wenn ich stolpere, könnte es wehtun."

Gehorsam stopfte sich Anna aus der auf dem Nachttisch stehende Kleenexpackung ein paar Taschentücher zwischen die Zähne. Luca nahm sie erneut über die Schulter, diesmal klappte es besser. Leise öffnete er die Tür. Im Flur gab es nur eine Notbeleuchtung.

Anna hoffte, dass es nicht noch eine Sensorschaltung gab, die das ganze Treppenhaus unter Flutlicht setzte, sobald man die Lampe passierte. Aber Luca schaffte es quasi geräuschlos bis zur Treppe. Er hielt inne und lauschte in die Dunkelheit. Alles blieb ruhig.

Vorsichtig nahm er die erste Stufe der Treppe. Geräuschlos. Die zweite Stufe. Halt! Fast wäre er abgerutscht, Luca wankte, Anna konnte sich gerade noch am Geländer festhalten, ohne von seiner Schulter runterzurutschen.

Stufe für Stufe tastete sich Luca vor. Gleich würden sie es geschafft haben, dachte Lena. Und dann sah sie es: Unter der Tür zur Garage leuchtete ein Licht.

Wie sollte sie Luca darauf aufmerksam machen, sie traute sich nicht, das Kleenex aus dem Mund zu nehmen, und noch weniger traute sie sich, im Treppenhaus zu sprechen. Deshalb tippte sie ihm mit der Hand auf den Arm. Er drehte den Kopf. Stolperte, konnte sich gerade noch am Geländer festhalten, aber Anna rutschte von der Schulter. Wie gut, dass sie die Kleenextücher zwischen den Zähnen hatte, sonst hätte sie vor Schmerz laut geschrien. Er bückte sich neben sie.

„Alles okay?", flüsterte er tonlos.

Sie schüttelte den Kopf und zeigte auf den Lichtstrahl.

Hatten die Lombardis einfach vergessen, das Licht in der Garage auszumachen?

Die beiden saßen jetzt auf einer der unteren Treppenstufen und lauschten in die Dunkelheit. Es war zwar kein Geräusch zu hören, denn die Tür zur Garage war dick genug, um das meiste zu schlucken. Aber in dem winzigen Lichtspalt unter der Tür sahen sie beide, dass jemand dahinter hin- und herging.

„Da ist jemand drin", flüsterte Anna, genauso tonlos.

Luca nickte.

„Und jetzt?"

Luca zeigte auf die Terrassentür. Anna hatte verstanden. Sie würden versuchen, über den Garten das Haus zu verlassen. Ohne Auto? Wie sollte sie wegkommen? Sie hoffte, dass Luca ein Handy dabeihatte, so dass er einen Krankenwagen für sie rufen konnte.

Er half ihr hoch, legte sich ihren Arm über die Schulter und schleppte Anna zur Terrassentür. Anna zeigte auf ein blinkendes Licht oberhalb der Tür. Die hatten die Terrassentür mit einer Alarmanlage gesichert. Das hätte sie sich auch denken können.

Luca nickte. Er zeigte auf die bodenlangen Gardinen, die rechts und links der Terrassentür drapiert waren. Bis dahin schafften sie es, Anna vermutete, dass dahinter ein Kasten zur Entsicherung der Alarmanlage angebracht war.

Sie waren kurz vor der Terrassentür, als sie hörten, wie hinter ihnen die Tür zur Garage geöffnet wurde. Luca schubste sie regelrecht hinter die Gardine. Er selbst duckte sich hinter dem zierlichen, brokatbezogenen gelben Sofa, das links vom Fenster stand.

Anna hörte, wie etwas Schweres über den Boden geschleift wurde und ein Mann ächzte. Er schien zwischen dem kurzen, überdachten Gang von der Garage zum Haus hin- und herzugehen.

Sie wagte es kaum zu atmen. Was ging hier mitten in der Nacht vor sich? Enrico Lombardi schien etwas Schweres aus der Garage geholt zu haben.

Wollten sie sie vielleicht mit Tante Chiaras Mercedes in die Luft jagen? Inklusive ihres Neffen? Anna war so desillusioniert, dass sie diesen Menschen alles zutraute.

In dem Moment brach die Hölle los.

Einsatz in Schlachtensee

Lichter flammten auf, die Sirene der Alarmanlage jaulte, laute Schreie erklangen im Vorgarten, etwas polterte gegen die Eingangstür. Anna versuchte sich so klein wie möglich zu machen, sie war kurz davor, vor Schmerzen – oder vor Angst? – erneut die Besinnung zu verlieren.

„Aufmachen, Polizei!", schallte es aus dem Vorgarten. Direkt neben Anna wurde eine Scheibe in der Terrassentür eingeworfen, ein Splitter traf Anna an der Hand, mit der sie sich krampfhaft an dem Vorhang festklammerte.

Schwarz gekleidete Menschen mit Sturmhauben und vorgehaltenen Gewehren stürmten die Villa. POLIZEI stand hinten in großen Lettern auf ihren Schutzwesten.

Luca kam mit erhobenen Händen hinter dem Sofa hervor. Onkel Enrico, den Anna bisher nur gehört, aber nicht gesehen hatte, stand wie angewurzelt mitten in dem großen Salon.

„Was zum Teufel soll das?", fragte er in herrischem Tonfall.

Anna sah durch den Spalt zwischen den zwei Vorhängen, dass immer mehr schwarz gekleidete Menschen in die Villa stürmten. Sie hörte Befehle aus Walkie-Talkies quaken.

„Hausdurchsuchung", hörte Anna einen Mann sagen.

„Was soll das? Haben Sie einen Durchsuchungsbefehl?"

„Selbstverständlich, bitte schön", sagte der Beamte und reichte Enrico Lombardi ein Blatt Papier.

„Drogenfahndung?", fragte Enrico. „Sie glauben doch nicht etwa, hier Rauschgift zu finden? So ein Quatsch! Bitte, nur zu, tun Sie sich keinen Zwang an."

Der Beamte gab seinen Kollegen ein Zeichen, dass sie sich im Haus verteilen sollten. Lombardi setzte sich auf das Sofa und herrschte seinen Neffen an: „Nimm die Hände runter, Luca, ich habe keine Ahnung, was das Schmierentheater hier soll."

„Wie viele Personen sind noch im Haus?", fragte der Einsatzleiter Enrico.

„Meine Frau, mein Neffe und seine Freundin."

„Sie sind der Neffe, Luca Lombardi?", fragte der Einsatzleiter. *Woher kennt er Lucas Namen?*, fragte sich Anna, die sich krampfhaft am Vorhang festhielt.

„Ja, ich bin hier nur zu Besuch."

„Sehr schön, ist das Ihr Wagen da in der Garage, der mit dem römischen Kennzeichen?"

„Äh, ja, der ist noch nicht auf mich gemeldet, ich

habe ihn eben erst von meiner Tante geschenkt bekommen."

Anna sah, wie die Beamten zwei große Müllsäcke auseinandernahmen, die Onkel Enrico offensichtlich hereingeschleppt hatte.

„Was haben wir denn da!", rief einer der Beamten.

Der Mann, der den Durchsuchungsbefehl überreicht hatte und offensichtlich die Operation leitete, ging zu den Polizisten, die die Müllsäcke ausgeleert hatten.

„Da hat der junge Mann ja ordentlich was rangeschleppt", sagte der Einsatzleiter und hielt ein Bündel Zweihundert-Euro-Noten hoch.

Anna konnte sich nicht mehr auf einem Bein halten und sackte zu Boden.

„Die Freundin, nehme ich an", sagte der Einsatzleiter und wies einen Kollegen an, Anna auf das zweite Sofa rechts von der Tür zu bringen.

„Ich wollte sie gerade ins Krankenhaus schaffen, als Sie hier eingedrungen sind", sagte Luca.

„Sie sind verletzt?"

„Ja, ich habe mir wohl was gebrochen", sagte Anna.

„Das sieht wirklich nicht gut aus", sagte der Beamte, der sie zum Sofa geschafft hatte, und zeigte auf das geschwollene, knallrote Bein. „Und sie ist ganz heiß, wir sollten einen Notarzt rufen."

„Und Sie sind wer?", fragte sie der Einsatzleiter.

Annas Gedanken rasten. Welchen Namen sollte sie

nennen? Was ging hier überhaupt vor? War diese nächt-
liche Razzia ein Erfolg ihres Termins mit Giordano?

„Anna Schreiber", sagte sie. „Mein Name ist Anna
Schreiber." Schließlich war das der Name, den sie sowohl Europol als auch der Anti-Mafia-Polizei genannt
hatte.

„Wo ist die Ehefrau?"

„Hier", sagte einer der schwarz gekleideten Männer
und schob die nur mit einem Nachthemd bekleidete
Gabriella Lombardi in den Salon.

„Was ist denn los, was machen Sie in unserem
Haus?", fragte Gabriella.

„Hausdurchsuchung. Drogendezernat", erklärte
Enrico.

„Was? Haben Sie einen Durchsuchungsbefehl?"

„Hat er", sagte Lombardi seiner Frau.

„Ich weiß nicht, was Sie hoffen, hier zu finden." Sie
schüttelte zweifelnd den Kopf. „Aber bitte, bedienen
Sie sich. Sie erlauben mir, mir etwas anzuziehen und
unseren Anwalt zu benachrichtigen?"

„Selbstverständlich."

„Was ist das denn da?", fragte Gabriella und zeigte
auf den Inhalt der Müllsäcke, den die Fahnder auf
dem Teppich ausgegossen hatten.

„Wenn ich das richtig sehe, dann sind das Euros. Eine
Menge Euros, könnt ihr schon sagen, wie viele?", fragte
der Einsatzleiter die Beamten, die Papierpakete aufrissen
und die darin enthaltenen Geldbündel stapelten.

„Weit über eine Million, würde ich sagen. Gezählt wird später", sagte einer der Fahnder.

Luca sprang auf und wollte zur Terrassentür rausstürzen. Ein Polizist versuchte, ihn festzuhalten. „Andere Richtung, junger Mann!" Luca riss sich los und stürzte in den Garten, wo er sich geräuschvoll übergab.

„Lassen Sie ihn in Ruhe, er hat nichts getan!", rief Anna.

Der Einsatzleiter sprach in ein Funkgerät, dann wies er den Polizisten an, der Luca festzuhalten versucht hatte: „Nehmen Sie den jungen Mann fest. Unter dem Verdacht, Bargeld in erheblicher Höhe ins Land geschmuggelt zu haben."

„Luca hat nichts geschmuggelt, das kann ich bezeugen. Ich war schließlich dabei", rief Anna.

„Leugnen ist zwecklos. Wir haben durch das Garagenfenster beobachtet, wie das Geld aus dem Cabrio geholt wurde", sagte der Einsatzleiter.

Gabrielle, die sich inzwischen angezogen hatte, kam in den Salon zurück. Sie giftete die Polizisten an: „Lassen Sie meinen Neffen zufrieden, der Junge ist unschuldig!"

„Der unschuldige Junge hat mehr als eine Million Bargeld von Italien nach Deutschland gebracht, vermutlich Schwarzgeld."

„Wir sind noch nicht fertig mit dem Auspacken", sagte einer der Fahnder, die die Pakete aufrissen.

„Wir sollten den Zoll verständigen", sagte ein Beamter zu dem Einsatzleiter.

Hatte Anna das richtig verstanden, sie warfen Luca vor, Schwarzgeld nach Berlin gebracht zu haben? Das konnte er ja nur in Tante Chiaras Mercedes getan haben. Dann wäre sie als Mittäterin dran. Wie sollte sie beweisen können, dass sie nichts von dem Geld gewusst hatten? Oder war Luca eingeweiht worden? War es denkbar, dass Tante Chiara ihren Neffen zum Transport von Schwarzgeld missbrauchte?

„Sucht weiter, das Geld interessiert nur den Zoll, wir suchen Kokain", sagte der Einsatzleiter.

Gabriella schrie: „Das ist eine Unverschämtheit, wie kommen Sie auf solche Ideen, dass es hier Rauschgift gibt!"

„Anna muss sofort in ein Krankenhaus, ihr Bein ist gebrochen", sagte Luca.

„Wir brauchen hier einen RTW, wir haben eine Verletzte", sprach der Einsatzleiter in sein Funkgerät.

Anna schloss die Augen und versuchte, ruhig zu atmen.

Klinikum Emil von Behring

Zwei Polizistinnen begleiteten Anna im Rettungswagen zum Behring-Krankenhaus. Anna lag fiebernd auf der schmalen Liege und wartete, bewacht von den zwei Frauen, auf ihr Röntgenergebnis. Während der Wartezeit in der Notaufnahme hatten ihre Gedanken sich gedreht wie ein Kinderkarussell.

Natürlich hatte man sie bei der Aufnahme nach ihrer Krankenversicherung gefragt. Oder nach ihrem Ausweis. Sie gab ihren Namen mit Anna Schreiber an, wohnhaft Breitenbachplatz 11, 14195 Berlin, und erklärte, dass ihr sowohl ihr Ausweis als auch ihre Handtasche in Rom abhandengekommen waren.

Wie kam die Drogenfahndung dazu, in der Terrassenstraße so einen Überfall hinzulegen, fragte sie sich. Giordano? Unwahrscheinlich. Selbst wenn die Unterlagen, die sie ihm überreicht hatte, bereits ausgewertet worden waren, dann würde das über Europol bis zum LKA einige Zeit dauern, bis die Berliner Behörden zuschlagen konnten. Und sie würden koordiniert zuschlagen können, soweit sie das beurteilen konnte: in Berlin, in Hamburg, in München, in Antwerpen und Mongerbino. Und zwar nicht nur in den Privathäusern, sondern in den Lagerhallen, in den Sattelschleppern, in den Geschäftsräumen.

Aber wer hatte die Berliner Behörden darauf aufmerksam gemacht, dass sich Rauschgift in diesem Haus befinden könnte?

Wobei sie es aufgrund der gesichteten Unterlagen für unwahrscheinlich hielt, dass Enrico in seinem Haus Kokain aufbewahren würde. Die Cosa Nostra handelte mit Rauschgift in großem Stil, aber ein Enrico Lombardi würde sich nicht selbst die Hände für ein paar Kilo schmutzig machen.

Dass er Schwarzgeld in Empfang nahm, um es zu waschen, fand Anna allerdings denkbar. In Deutschland ist Bargeldbesitz nicht einmal strafbar, deshalb ist Deutschland ein bevorzugter Rückzugsort für Gangsterbanden aller Couleur, hier kann man Geld waschen und in legale Geschäfte umleiten. Das geschieht über all die Geschäfte, die bargeldintensiv sind, wie zum Beispiel Gaststätten, Reinigungen, Autowaschanlagen. In Deutschland kann man noch alles mit Bargeld kaufen, erst seit 2017 fordert die Finanzaufsicht bei Bareinzahlungen bei Banken über zehntausend Euro einen Herkunftsnachweis. Im Geschäftsleben selbst gehören diese Nachweise immer noch nicht zur Normalität, bei Immobiliengeschäften sind Teile als Schwarzgeldzahlungen an der Tagesordnung. Und der Staat musste hier beweisen, dass das Geld nicht legal verdient worden ist, in Italien hingegen gibt es eine Umkehr der Beweislast, hier muss der Investor belegen, woher er das Geld hat. Im Lieblingsland der Deutschen liegt die Grenze für Bargeschäfte bei fünftausend Euro.

Wer in Deutschland Bargeld über zehntausend Euro einführt, muss eine Zollerklärung ausfüllen. Wer sich daran nicht hält und erwischt wird, muss mit einer Geldstrafe rechnen. Aber Rauschgift?

Chiara, so überlegte Anna, war der Meinung, dass Homosexualität eine Krankheit und mithin heilbar war. War sie vielleicht auch der Meinung, dass der Wunsch eines jungen Mannes nach einem ehrlichen Leben als Mediziner heilbar war? Wollte sie womöglich, dass er einer Straftat überführt wurde, damit er in Zukunft der Familie dienlich sein konnte? Nein, das war Unfug, sagte sich Anna. Chiara liebte Luca, sie war bemüht, ihm bei seinem Studium zu helfen. Sie war stolz darauf, dass der „gute Junge", wie sie ihn nannte, in seinen Semesterferien mit einem Job als Touristenführer Geld verdiente, was er bestimmt nicht nötig hatte, so gut situiert, wie seine Eltern waren.

Auf der einen Seite. Auf der anderen Seite wurde sein Bruder nach Berlin geschickt, um bei der Oberstaatsanwältin einzubrechen und ihr mit Gewalt Ermittlungsunterlagen zu entreißen. Der Tod ihrer Mutter wurde dabei als Kollateralschaden in Kauf genommen und ihr Mörder gedeckt.

Wenn bei Chiara die Fäden zusammenliefen, wie

Alice es gesagt hatte, dann musste sie von dem Tod ihrer Mutter gehört haben. Sicherlich war sogar die Reise von Lucas Bruder nach Berlin von ihr eingefädelt worden, der schließlich auch ihr Neffe war.

Wieso also sollte Anna glauben, dass Chiara den Wagen ihrem Neffen ganz umsonst gegeben hatte? Sie musste sich eingestehen, dass sie die alte Frau ins Herz geschlossen hatte. Auf eine seltsame Art und Weise erinnerte sie Chiara an ihre Mutter: stark und sturmumtost, eine Frau, die alles für ihre Familie gab, nur eben auf der anderen Seite.

Der Capo der Cosa Nostra war im Januar inhaftiert worden. Lucas Großvater, der wohl jahrelang der Statthalter der Lombardis in Sizilien gewesen war, war ebenso gestorben wie Chiaras Mann, der wohl bis zu seinem Ruf nach Rom als Pate der Familie an der Seite des Capo dei Capi fungiert hatte.

Konnte es sein, dass die Jungen jetzt um die Macht kämpften und versuchten, die Alten auszuschalten? Blödsinn, die würden Luca nicht in die Falle laufen lassen und erst recht nicht ihre Geldwaschmaschine Enrico aus dem Verkehr ziehen.

Oder hatte das Erscheinen der Polizei mit der Nachricht zu tun, die sie Frau Kraushaar in der deutschen Botschaft in Rom zugesteckt hatte? Da Chiara sie nicht zu der Kraushaar begleiten konnte, sondern einen Schwächeanfall im Foyer vorgetäuscht hatte, hatte Anna die Gunst der Stunde nutzen können und der Kraushaar einen Zettel gegeben, auf den sie folgende Nachricht geschrieben hatte:

Bitte um dringende Hilfe! Ich bin im Zeugenschutz, mein richtiger Name ist Anna Schreiber. Der Ausweis mit meiner Tarnidentität ist gestohlen worden, ebenso Handy und Kreditkarten, ich verfüge nicht über Bargeld. Bitte benachrichtigen Sie das deutsche Zeugenschutzprogramm und die fünfte Berliner Mordkommission.
Ich benötige einen neuen Ausweis und Geld, um wieder abzutauchen. Ab Samstag bin ich zusammen mit Luca Lombardi in Berlin bei Enrico Lombardi unter dem Namen Lena Breitenbach. Eine Enttarnung wäre dort für mich sehr gefährlich.
Ich weiß jetzt, von wem und warum meine Mutter Petra Ellwanger getötet wurde.
Anna Schreiber

Endlich kam der Arzt mit den Röntgenbildern. „Sie haben eine Fraktur im rechten Unterschenkel gefunden. Doch zum Glück ist es ein geschlossener Bruch. Wir werden das Bein jetzt richten, und dann bekommen Sie einen Gehgips. Allerdings ist Ihre Kniewunde infiziert. Wir werden die Wunde jetzt abtragen und Ihnen Antibiotika mitgeben.“

„Ich kann also wieder nach Hause?“ Anna hatte gehofft, wenigstens eine Nacht im Krankenhaus bleiben zu können. Sie fühlte sich noch nicht in der Lage, längere Befragungen zu überstehen, zumal sie das Gefühl hatte, dass sie noch gründlicher darüber nachdenken musste, wie sie sich verhalten sollte.

„Nach Hause wohl nicht", sagte der Arzt und schaute zur Tür des winzigen Behandlungszimmers, vor der ihre zwei Begleiterinnen gelangweilt dem Ende ihrer Schicht entgegensahen.

„Darf ich mal telefonieren?", fragte sie den Arzt.

„Später, wir werden Sie jetzt erst mal versorgen." Sprach's und verschwand aus dem Raum.

Tante Sanne

Anna hätte am liebsten laut geflucht. Sie brauchte unbedingt ein Telefon.

„Hilfe!", schrie sie.

Eine der beiden Polizistinnen stürzte in das Behandlungszimmer.

„Ich muss mal telefonieren", sagte Anna. „Bitte geben Sie mir ein Telefon."

„Das darf ich nicht."

„Ich möchte meine Anwältin anrufen", sagte Anna, der einfiel, dass die Frau natürlich Sorge haben musste, sie könne potenzielle Komplizen warnen.

„Das ist etwas anderes, aber ich muss beim Telefonat dabei bleiben."

„Kein Problem", sagte Anna.

Die Polizistin reichte ihr ihr Telefon.

Anna drückte sich selbst in Gedanken die Daumen, dass Tante Sanne an diesem frühen Sonntagmorgen zu Hause war. Sie sah auf der Uhr, dass es bereits acht Uhr morgens war.

„Hallo", meldete sich Tante Sanne sofort, als ob sie neben dem Telefon gesessen hätte.

„Ich bin's, Tante Sanne, Anna."

„Kind, wo bist du?", fragte die beste Freundin von Annas Mutter.

„Im Behring-Krankenhaus, ich habe mir gestern Nachmittag das Bein gebrochen", sagte Anna.

„Au weia, hast du dolle Schmerzen?"

„Es geht. Ich habe andere Probleme. Bei den Lombardis war eine Razzia von der Drogenfahndung."

„Sie haben dich also in Sicherheit gebracht", sagte Susanne. Sie hörte sich erleichtert an.

„So kann man es auch sehen", sagte Anna. „Ich werde hier von zwei Polizistinnen bewacht. Ich habe keine Ahnung, ob es bei den Lombardis Rauschgift gibt, aber ich werde sicher wegen illegalen Transports von Bargeld angeklagt werden."

„Quatsch, Schatz, du wurdest einfach in Sicherheit gebracht. Ich hätte mich nach dem Besuch bei den Lombardis wegen meiner Naivität ohrfeigen können. Ich hatte zu spät begriffen, dass du nicht wolltest, dass ich dich erkenne, oder die Lombardis erfahren, wer du bist. Ich kenne Gabriella seit über zehn Jahren, wir spielen regelmäßig Golf zusammen, und ich habe für sie schon mehrere Charity-Projekte organisiert. Ich bin nicht eine Sekunde auf die Idee gekommen, dass die irgendwas mit der Mafia zu tun haben könnten. Gabriella ist ständig für irgendwelche Wohlfahrtsprogramme im Einsatz.

Aber als du gestern durchgedreht bist, habe ich gedacht, es ist wohl besser, ich rufe mal bei der fünften

Mordkommission an, die den Tod deiner Mutter untersuchten. Ich hatte mit denen mehrmals Kontakt, die kannten also meinen Namen und wussten, dass ich eine Freundin war. Ich habe denen gesagt, dass du als Lena Breitenbach bei den Lombardis bist und ausgeflippt bist, als ich dich blöderweise enttarnt habe. Die haben versprochen, sofort zu handeln. Auf die Idee einer Drogenrazzia wäre ich nicht gekommen."

Anna atmete tief durch. *Liebe, gute Tante Sanne.* „Danke", sagte sie aus tiefstem Herzen. „Du glaubst nicht, in was ich da hineingeraten bin. Aber jetzt brauche ich noch mal deine Hilfe. Ich bin im Krankenhaus und werde von zwei Polizistinnen bewacht. Anna Schreiber existiert nicht mehr, ich habe eine Tarnidentität. In Rom ist mir meine Handtasche mit allem gestohlen worden, was ich brauche: mein neuer Ausweis, meine Krankenkassenkarte, meine Kreditkarten, mein Bargeld und, vor allem, mein Telefon. Ich bin sozusagen namen- und hilflos."

„Dein neuer Name ist also nicht Lena Breitenbach?"

„Nein, ich hatte wirklich eine Amnesie. Und meine Tarnidentität will ich nicht lüften, sonst fange ich wieder von vorn an. Kannst du mir Bargeld vorbeibringen und mir ein Handy besorgen?"

„Du bist in der Notaufnahme?", fragte Susanne.

„Ja, ich weiß nicht, wie lange noch, die werden jetzt meine Knochen richten und dann bekomme ich einen

Gips. Danach bringt man mich wohl zur Polizei, ich habe keine Ahnung, wohin."

„Ich komme mit Bargeld und Handy vorbei und finde dich, egal, wo sie dich hinbringen. Ach, Süße, ich bin so froh, dass du am Leben bist!"

Als Anna das Gespräch beendet und das Handy der Polizistin zurückgegeben hatte, musste sie sich die Tränen aus dem Gesicht wischen. Sie sehnte sich so sehr nach einer Umarmung von ihrer Tante Sanne, dass es körperlich schmerzte.

Mordkommission Keithstraße

Sie hatten Anna einen Stuhl mit einem Kissen hingestellt, damit sie das frisch eingegipste Bein darauflegen konnte. Vor ihr auf dem Tisch stand eine Tasse Kaffee, man hatte ihr frische Croissants mit Butter und Marmelade gebracht.

Alle diensthabenden Sachbearbeiter, wie die Mordermittler in feinstem Beamtendeutsch hießen, hatten sich in dem Besprechungsraum um sie geschart, alle wollten hören, was die Tochter der Oberstaatsanwältin ihnen zu berichten hatte.

Auf dem Tisch stand eine Handtasche mit einer gut gefüllten Geldbörse, in der Ecke lud Tante Sannes altes Handy. Annas Nenntante hatte es geschafft, die Notaufnahme just in dem Moment zu erreichen, als Anna mit einem Polizeiwagen abgefahren werden sollte.

Die beiden Frauen fielen einander weinend in die Arme, Anna ahnte, dass es vermutlich für eine sehr lange Zeit das letzte Mal sein würde, dass sie ihre Tante Sanne sehen würde. „Danke, danke, danke!", flüsterte sie ihr ins Ohr. „Ich weiß jetzt, wer Mama getötet hat. Und warum."

Die beiden Polizistinnen, die sie in der Notaufnahme bewacht hatten, waren von zwei Kollegen abgelöst worden. Die Polizisten brachten Anna direkt zur Mordkommission in die Keithstraße. Alles hier erinnerte Anna an die Zeit nach dem Tod ihrer Mutter.

Die Ermittler begrüßten sie wie eine alte Freundin.

Nachdem Anna die Croissants verschlungen hatte, begann sie zu erzählen. Und sie fing ganz von vorne an. Mit ihrem Vater, der sich vor mehr als zwanzig Jahren im Grunewald erhängt hatte, in der Hoffnung, dass sein Tod seinen Ermittlungen würde Gehör verschaffen.

„Ich bin sicher, dass mein Vater damals aus Gram über die Ignoranz und Bestechlichkeit seiner Kollegen und wichtiger Teile der Berliner Verwaltung und Politik krank geworden ist", sagte sie. „Deshalb hatte meine Mutter es sich zur Aufgabe gemacht, diese Machenschaften weiter zu ermitteln und aufzudecken. Und das hat wiederum meine Mutter das Leben gekostet. Meine Mutter hatte mir noch vor ihrem Tod gesagt, worum es bei dem Überfall ging und wo ich die Gründe dafür finden könnte: im Safe in ihrer Wohnung in der Mommsenstraße."

„Den können wir nicht übersehen haben!", sagte einer der Ermittler.

„Doch, haben Sie", sagte Anna. „Und meine Mutter hatte mich inständig gebeten, von diesen Unterlagen nichts, wirklich nichts der Polizei zu erzählen. Nachdem ich diese Akten gesichtet hatte, wurde mir klar, warum meine Mutter das so bestimmt hatte, sie wollte mein Leben schützen. Denn die Akten wiesen nahezu lückenlos die Verbindungen der Cosa Nostra mit stadtbekannten Persönlichkeiten auf, ebenso wie zu Mitarbeitern der Staatsanwaltschaft, der Polizei, der Justiz, der Berliner Verwaltung und namhaften Politikern. Im Übrigen lagen im Safe zweihundertfünfzigtausend Euro in bar, die mein Vater kurz vor seinem Tod selbst als Bestechungsgeld angenommen hatte, um sie als Beweis zu verwenden. Dieses Geld werde ich an eine Opferorganisation weiterreichen.

Ich habe die Ermittlungen weitergeführt und ein Muster gefunden. Meine Mutter hatte versucht, mir einen Namen zu nennen. Sie hat zwei Silben gesagt: Ba und Lo. Danach ist sie gestorben. In ihren Akten bin ich dann immer wieder auf den Namen Lombardi gestoßen und habe mir gedacht, dass es dieser Name war, den meine Mutter mir verraten wollte. Bei der Internetrecherche habe ich ein Foto von Luca Lombardi in Rom gesehen. Er sah aus wie der Mann, den ich in der Wohnung meiner Mutter angeschossen habe. Dadurch erfuhr ich, dass der Mann in Rom als Touristenführer arbeitete. Ich wollte zwei Fliegen mit einer Klappe schlagen: Zum einen war mir klar, dass in Berlin jede Verbindung zur Mafia unter den Tisch gekehrt wurde und wird, denn wer will schon sein eigenes Nest beschmutzen.

Man müsste ja zugeben, dass jahrzehntelang einfach nicht gegen die Cosa Nostra ermittelt wurde, die Berlin wie eine Krake in ihren Tentakeln hält. Da viele der Verantwortlichen dort saßen oder immer noch sitzen, wo eigentlich gegen die Mafia vorgegangen werden sollte, bin ich zu dem Schluss gekommen, dass der Prophet nichts im eigenen Land gilt und wir nur da rauskommen, wenn wir Hilfe aus dem Ausland, also aus dem Heimatland der Cosa Nostra bekommen."

„Wieso sind Sie damit nicht zu Europol gegangen?", fragte einer der Ermittler.

„Weil ich mir nicht sicher war, ob die Tentakel nicht auch bis ins BKA reichen. Dass meine Mutter im Besitz von belastendem Material war, konnte die Cosa Nostra nur durch einen Hinweis entweder direkt von demjenigen haben, den meine Mutter beim BKA kontaktiert hatte, oder aber das BKA hat Druck auf jemanden in Berlin ausgeübt, der geschmiert war. Ich habe mir allerdings von Europol einen Ansprechpartner bei der Anti-Mafia-Polizei in Rom nennen lassen. Da diese in den letzten Jahren erhebliche Erfolge in der Bekämpfung der Mafia vorweisen können, ging ich davon aus, dass dort die Gefahr am geringsten sein würde. Ich habe mich in Rom mit einem Mitarbeiter der Anti-Mafia-Polizei getroffen und ihm eine vollständige Kopie der Ermittlungsakten meiner Eltern übergeben."

„Sie haben Ihren Zeugenschutz aufgegeben?"

„Nein, ich habe mich mit meinem Klarnamen dort vorgestellt."

„Wieso haben Sie sich nicht an uns gewandt?",
fragte der Dezernatsleiter. „Selbst wenn das Betrugs-
dezernat, das Rauschgiftdezernat oder die Staatsanwaltschaft im Bereich Organisierte Kriminalität involviert wären, es würde so gut wie keinen Sinn machen,
eine Mordkommission zu bestechen."

„Das habe ich mir auch gesagt, damals schon, als
ich die Unterlagen im Safe gefunden habe, aber dann
dachte ich, dass auch Sie ja Ihre Ermittlungen von
Staatsanwälten genehmigen lassen müssen. Und bei
Ihnen geht es nur um Mord und nicht um organisierte
Kriminalität, und sobald Sie mit anderen Stellen ko-
operieren müssen, konnte ich nicht sicher sein, dass die
von mir vorzulegenden Unterlagen nicht im Nirwana
verschwinden würden."

„Ja, aber das Tötungsdelikt Ihrer Mutter fällt in unsere Zuständigkeit", sagte der Dezernatsleiter. Anna
fühlte, dass er beleidigt war.

„Stimmt, und die Beweise dafür werden Sie selbstverständlich von mir bekommen, beziehungsweise werden Sie sich beschaffen müssen. Genauso wie die Anti-
Mafia-Behörde in Rom. Sie werden mit denen zusam-
menarbeiten müssen. Ich warne Sie allerdings vor, das
wird ein undankbarer Job für Sie werden."

„Sie sagten, Sie wüssten, wer Ihre Mutter ermordet
hat", sagte der Dezernatsleiter.

„Es war die Cosa Nostra, die Mafiaorganisation
aus Sizilien. Ich hatte gedacht, dass ich den Täter in

Luca Lombardi erkannt hätte. Aber das stimmte nicht. Ich hatte mich geirrt. Allerdings bin ich in dem Moment, wo ich Luca getroffen habe, beraubt worden und mit dem Kopf auf das römische Pflaster gefallen. In dem Moment war meine komplette Erinnerung weg. Ich war in Rom, ohne Ausweis, ohne Geld, ohne Handy, ohne Erinnerung. Und Luca Lombardi hat mir geholfen."

Anna berichtete von den Tagen im San Giovanni Addolorata, die sie als Lena Breitenbach verbracht hatte, und wie sie anschließend bei Chiara Lombardi gelandet war.

„Seit wann wussten Sie denn, dass Sie nicht Lena Breitenbach sind?", fragte einer der Ermittler.

„Als ich mit Chiara in der deutschen Botschaft saß und Frau Kraushaar mir mitteilte, dass niemand mit dem Namen Lena Breitenbach in Berlin gemeldet wäre und sie mir mithin nicht würde helfen können. Ich habe so einen Schreck bekommen, dass ich kurz ohnmächtig geworden bin. Sie haben mir Wasser gegeben, und als ich wieder klar denken konnte, wusste ich, dass ich mitten in der Scheiße steckte."

„Warum haben Sie nicht die Anti-Mafia-Polizei verständigt?"

„Wie denn, ohne Geld und Handy. Außerdem hatte ich denen nichts von meinem Verdacht gesagt, dass Luca Lombardi meine Mutter getötet hat. Das zu beweisen wollte ich Ihnen hier in Berlin überlassen, schließlich ist meine Mutter hier getötet worden, und Sie haben die DNA des Täters."

„Danke, dass Sie an uns gedacht haben", sagte der Dezernatsleiter bitter.

Anna berichtete den Ermittlern von ihren Tagen bei Tante Chiara. „Haben Sie das Drogendezernat zu den Lombardis geschickt?", fragte sie den Kommissionsleiter.

„Ja, Susanne Paulsen hatte es dringend gemacht, da fiel uns nicht mehr viel ein auf die Schnelle. Wir haben den Drogis gesagt, dass wir von einem Verdächtigen eine Mitteilung bekommen hätten, dass gestern eine größere Lieferung Kokain bei den Lombardis eingetroffen wäre. Selbstverständlich haben wir umgehend auch den Zeugenschutz benachrichtigt, ein Kollege wird Sie abholen, wenn wir hier fertig sind."

„Die werden bei den Lombardis kein Kokain finden, das wird anders transportiert."

„Das wissen wir schon, aber die Kollegen haben knapp eineinhalb Millionen Euro gefunden, die Sie − ich nehme an unwissentlich − von Rom nach Berlin transportiert haben."

„Natürlich unwissentlich. Auch Luca hat davon nichts geahnt, glaube ich. Vielleicht nicht einmal Chiara Lombardi."

„Woher wissen Sie, dass Luca nicht der Mann ist, der Ihre Mutter getötet hat?", fragte ein Ermittler.

„Ganz einfach. Zum einen hat er keine Wunde an

der Schulter, ich habe ihn eines Nachts nackt gesehen. Das ist mir aber erst viel später eingefallen, da ich zu diesem Zeitpunkt mein Gedächtnis noch nicht wiedergefunden hatte. Zum anderen hat er mich nicht erkannt, ich dachte zuerst, dass es an meinem veränderten Aussehen läge. Sie dürfen mir glauben, dass ich in höchster Panik war, seitdem ich eine Erinnerung wiedergefunden hatte und dann gezwungen wurde, mit Luca nach Berlin zu fahren. Aber jetzt bin ich mir sicher, dass er wirklich ein integrer, fleißiger Student ist, der nichts mit den Geschäften seiner Familie zu tun haben will. Im Gegenteil, der Mann hat so was wie ein Helfersyndrom. Er hat mir selbstlos geholfen. Glauben Sie wirklich, dass ein Mafiamitglied in seinen Semesterferien als Touristenführer arbeiten würde? Luca verdient sich sein Studium selbst."

„Aber Sie waren sich zuerst doch sicher, dass es sich bei Luca Lombardi um den Mann handelt, der Ihre Mutter getötet hat", warf einer der Ermittler ein.

„In München habe ich erfahren, dass sein Bruder Elia mit seiner Mutter in Mongerbino lebt und ihm ähnelt wie ein Zwilling. Ich bin davon überzeugt, dass Lucas Mutter die Fäden der Familie nicht nur in Sizilien in der Hand hält und ihren Sohn nach Berlin geschickt hat, als ruchbar wurde, dass die Ermittlungen meiner Mutter das Geschäft der Familie zerstören könnten. Und zwar nicht allein in Deutschland, sondern weltweit. Das ist aber alles relativ leicht zu beweisen, mehr als eine DNA-Probe von Luca, um seine Unschuld zu beweisen, und eine von seinem Bruder in Sizilien brauchen wir nicht."

„Und das Geld im Auto?"

„Das stammt vermutlich aus den Geschäften in Sizilien. Ich habe aber auch mal eine Frage: Natürlich werde ich gegen den Mann aussagen, der meine Mutter getötet hat, und Ihnen alle meine Unterlagen zur Verfügung stellen für eine Anklage. Werde ich jemals wieder in Ruhe und ohne Angst leben können, vor der Mafia kann man sich schließlich nicht gut verstecken?"

„Doch, das kann man. Der Zeugenschutz wird Ihnen eine neue Identität beschaffen, und Sie können dann irgendwo von vorn anfangen."

„Ich dachte, ich könnte zurück in meine alte Tarnidentität. Ich habe überall neben Lena Breitenbach nur Anna Schreiber angegeben."

„Das werden die vom Zeugenschutz entscheiden, nicht mal wir dürfen wissen, wo Sie wohnen und wie Sie heißen. Aber vermutlich wird das nicht möglich sein. Sie sagten, dass Ihnen Ihr Ausweis, Ihr Handy und Ihre Kreditkarten gestohlen wurden. Wenn die Mafia rauskriegen will, wie Sie heißen, wird es Mittel und Wege geben, das in Rom über den Handtaschendiebstahl zu ermitteln."

Anna sank der Mut. Sie hatte angefangen, ihren neuen Job und Hannover zu mögen.

„Und wo soll ich jetzt hin?", fragte sie.

„Die Kollegen vom Zeugenschutz warten schon draußen. Die sind wohl über die Deutsche Botschaft in Rom zu uns geschickt worden."

Zeitungsbericht „Die Welt"
Zweieinhalb Monate später

Operation Victoria:
Entscheidender Schritt gegen die Mafia

Mit einem Großeinsatz in mehreren Bundesländern ist die Polizei am Mittwoch gegen Mitglieder der mächtigen italienischen Mafiaorganisation „Cosa Nostra" vorgegangen. Es wurden
zahlreiche Wohn- und Geschäftsräume in Berlin,
München, Hamburg und Frankfurt durchsucht.

Mehr als 800 Polizeikräfte, darunter auch
Spezialeinheiten, waren deutschlandweit im Einsatz. Sie waren Teil einer EU-weiten Razzia unter dem Titel „Victoria".

Insgesamt wurden 104 Haftbefehle vollstreckt, auch in Deutschland gab es zahlreiche
Festnahmen. Neben den deutschen Ermittlern
waren Behörden in Italien, Belgien, Frankreich
und Antwerpen beteiligt. Schwerpunkt der Ermittlungen war der internationale Drogenhandel, insbesondere mit Kokain. Außerdem soll es
um Geldwäsche, Waffenhandel, Bestechung und
die Mitgliedschaft in einer kriminellen Vereini-

gung gehen. Es handelt sich um einen der größten Einsätze, die gegen die Cosa Nostra in Europa durchgeführt wurden.

In Italien wurden nach Angaben der italienischen Anti-Mafia-Polizei 62 Haftbefehle vollstreckt.

In Berlin durchsuchten rund 400 Einsatzkräfte insgesamt 38 Häuser, Wohnungen, Büros und Geschäftsobjekte von Verdächtigen und vollstreckten 12 Haftbefehle.

In Bayern ermittelten die Behörden gegen 11 Verdächtige, gegen vier Verdächtige wurden EU-Haftbefehle vollstreckt. Auch in Hamburg und Frankfurt wurden insgesamt 14 Haftbefehle vollstreckt und mehr als 40 Wohnungen und Geschäftsräume durchsucht.

Nach derzeitigem Ermittlungsstand sollen die Verdächtigen große Mengen Kokain aus Südamerika nach Europa geschmuggelt haben. Die illegalen Einnahmen sollen laut Staatsanwaltschaft in ein weltweites Geldwäsche-Netzwerk geflossen sein, unter anderem in Restaurants, Eisdielen, Immobilien und Autowaschanlagen vor allem in der deutschen Hauptstadt. Das Ausmaß der Investitionen mit Geldern aus illegalen Geschäften erstaunte die Berliner Behörden, galt Berlin doch bisher als quasi Mafia-frei.

Berlin – Zentrum der Geldwäsche

Ausgelöst wurden die Ermittlungen in Berlin gegen die organisierte Kriminalität mit italienischen Wurzeln durch den Tod der Berliner Oberstaatsanwältin Petra Ellwanger, die im Mai dieses Jahres in ihrer Wohnung in Berlin bei einem Überfall getötet worden war.

Petra Ellwanger hatte über Jahre hinweg gegen die Cosa Nostra ermittelt und Beweise gesammelt, die nicht nur zur Überführung von Straftaten mächtiger Mitglieder der Cosa Nostra geführt hätten, sondern auch deren Verbindungen zu einflussreichen Persönlichkeiten in der Berliner Verwaltung und Politik belegten.

Petra Ellwanger war von einem sizilianischen Mitglied der Cosa Nostra bei dem Versuch getötet worden, diese Beweise zu stehlen. Der Täter konnte vom bayerischen LKA während eines Familienbesuchs in München verhaftet werden.

Dadurch gelang den Ermittlern ein weiterer entscheidender Schlag: Sie konnten das Kryptohandy des Täters während dessen Aufenthalts in Bayern identifizieren. Seiner zum Teil in München ansässigen Familie wird vorgeworfen, sich unter anderem an der Mitfinanzierung des internationalen Kokainhandels beteiligt, diesen mit Logistik unterstützt und Geldwäsche betrieben zu haben.

Den Recherchen zufolge haben fast alle Hauptverdächtigen, die in mehreren Ländern leben, familiäre Wurzeln in Bagheria. Die Stadt in der Nähe von Palermo hat während der Mafia-Kriege traurige Berühmtheit erlangt, da dort in den siebziger Jahren in einer Eisenfabrik durch Mafiahand mehr als einhundert Menschen den Tod im Säurebad gefunden hatten.

Sizilianische Familienclans

Viele der Verdächtigen sind miteinander verwandt. Bei der Cosa Nostra handelt es sich um einen Verbund von Familienclans mit weltweit rund 5.000 Mitgliedern.

Der aktuelle Einsatz wurde laut Staatsanwaltschaft von einer gemeinsamen Ermittlungsgruppe geleitet, an der Europol und die italienische Anti-Mafia-Polizei beteiligt waren. Zu den beschlagnahmten Beweismitteln machten die Ermittler zunächst keine Angaben.

„Ein wirkungsvoller Schlag gegen die Mafia und ein deutliches Signal: Organisierte Kriminalität hat keinen Platz in Europa und erst recht nicht bei uns in Berlin", sagte die Berliner Generalstaatsanwältin. „Unsere Strafverfolgungsbehörden sind wachsam und schlagkräftig. Machenschaften krimineller Organisationen werden entschlossen und konsequent verfolgt."

Dichtung und Wahrheit

Anna musste laut lachen, als sie den Bericht über die Operation „Victoria" in der *Welt* las. „Unsere Strafverfolgungsbehörden sind wachsam und schlagkräftig." Was für eine Aussage! Die Operation hatte ein paar Wochen nach ihrer Befreiung aus Onkel Enricos Haus stattgefunden. Immerhin hatte die Übergabe der Ermittlungsunterlagen an Europol bewirkt, dass man auch in Berlin einmal sehr genau hinschaute und internationale Haftbefehle vollstreckte.

Sie hatte sich damit abgefunden, dass sie nie wieder als Anna Schreiber in Berlin würde leben können. Nur noch ein Mal würde sie als Anna Schreiber auftreten, bei dem Prozess gegen Elia Lombardi, den die bayerische Polizei bei einem Besuch seiner Eltern in München festgenommen hatte und der mit seinem mitgebrachten Kryptohandy die halbe Organisation hatte einstürzen lassen.

Den Beweis, dass es sich bei ihm eindeutig um den Mann handelte, der Annas Mutter getötet hatte, lieferte seine DNA, die zu der von der Polizei sichergestellten Blutspur gehörte. Sein Onkel Enrico Lombardi wurde wegen Geldwäsche, Bestechung sowie

Anstiftung und Vertuschung eines Tötungsdelikts angeklagt.

Die Unterlagen, die die getötete Oberstaatsanwältin über die Bestechungen durch die Cosa Nostra gesammelt hatte, lösten in der Berliner Verwaltung und Politik ein kleines Beben aus. Allerdings gelang es den Berliner Behörden, die Vorwürfe so weit unter Verschluss zu halten, dass sie nicht öffentlich in den Medien diskutiert wurden.

Die Generalstaatsanwältin persönlich hatte sich der Beweise angenommen und zahlreiche Ermittlungsverfahren eingeleitet.

Anna hatte die zweihundertfünfzigtausend Euro, die sie im Safe ihrer Mutter gefunden hatte, der Opfer Hilfe Berlin e. V. zur Verfügung gestellt, die sowohl Opfer von Straftaten als auch Zeugen und deren Angehörige unterstützt.

Vom Zeugenschutz war Anna direkt nach ihrer Aussage bei der Mordkommission an einen geheim gehaltenen Ort gebracht worden, wo sie auf ihre neue Identität wartete. Sie fragte sich, wie oft sie in ihrem Leben noch wegrennen und ihre Identität würde ändern müssen. Dann erhielt sie ihre knallneuen Papiere: Aus Anna Schreiber wurde Sarah Liesaus. Ihr Magister wurde auf den neuen Namen umgeschrieben. Wieder ein neuer Ort, wieder ein neuer Job. Würde sie jemals irgendwo vor der Cosa Nostra sicher sein?

Doch dann wurde ihr ein Angebot übermittelt, das

ihren Kampf gegen die Mafia zum Beruf machte. Europol meldete Interesse an Sarah Liesaus und ihren Fähigkeiten an. Als Kunsthistorikerin war sie eine gefragte Expertin beim Sicherstellen und Bewerten von Kunstdiebstählen und Fälschungen.

Da sie ihre Recherchefähigkeiten bereits durch die Zusammenstellung ihrer Ermittlungen bewiesen hatte, fragte man sie, ob sie sich vorstellen könne, in die Zentrale nach Den Haag zu gehen und dort im internationalen Verbund zu ermitteln.

Anna entschied sich für einen Job bei Interpol und ein Leben in Den Haag. Sie wollte nicht mehr weglaufen, sondern aktiv gegen das Verbrechen kämpfen.

Durch Annas Aussage konnte Luca Lombardi vom Vorwurf des Geldschmuggels entlastet werden. Beim Durchleuchten seines Lebens stießen die Beamten auf das, was er war: ein ambitionierter Student der Medizin, der in München mit seinem Freund Leon, einem Zahntechniker, zusammenlebte und nichts mit den Geschäften seiner Familie zu tun haben wollte.

Kurz darauf erhielt Luca Lombardi in München einen Brief ohne Absender.

Lieber Luca,

mir bleibt nicht mehr, als Dir DANKE zu sagen. Du warst mehr als anständig zu mir, Du hast mir selbstlos geholfen. Ich habe Dich wirklich ins Herz geschlossen, ge-

nauso wie Deine Tante Chiara, wo Ihr für immer einen Platz haben werdet, auch wenn ich Euch eine Zeit lang belügen musste. Geplant hatte ich das nicht. Tante Chiara hat mich gelehrt, dass niemand nur gut oder nur schlecht ist. Auch Du hast Deine Familie verloren, ich weiß, wie weh das tut. Ich wünsche Dir, dass Du in Deinem Leben, mit Deinem Partner und Deinem Beruf glücklich wirst, gegen all die Schwierigkeiten, gegen die Du ankämpfen musstest und sicher auch weiterhin wirst ankämpfen müssen. Es hat mich zutiefst beeindruckt, wie Du trotz Deiner familiären Umstände den für Dich richtigen Weg gefunden und beschritten hast. Du wirst Dir nun leider ein anderes Forschungsobjekt für Deine Dissertation suchen müssen, aber ich bin mir sicher, dass Du ein hervorragender Arzt werden wirst.

In diesem Sinne umarme ich Dich,
Deine Anna/Lena

Von Giordano erfuhr Anna, dass zwar schon jahrelang gegen Chiara Lombardi ermittelt worden war, aber ihr niemals etwas konkret bewiesen werden konnte, sie war bestens durch ausgefuchste Rechtsanwälte und politische Kontakte geschützt.

Chiaras Anwalt bestritt, dass die alte Dame von dem Geld in ihrem Auto gewusst habe. Schließlich sei der Wagen vor Abfahrt in der Werkstatt gewesen und stand öffentlich zugänglich in der Tiefgarage, sie habe diversen Menschen erzählt, dass sie den Wagen ihrem

Neffen schenken und ihn nach Berlin entsenden werde. Und niemand wagte es, die fünfundachtzigjährige Witwe eines geachteten italienischen Ministers zu verhaften.

Ebenso erging es Lucas Mutter Luisa in Mongerbino. Die an MS erkrankte Frau, die als neues Oberhaupt des Lombardi-Clans galt, wurde für haftunfähig erklärt. Es waren die Söhne der Frauen, die aus dem Verkehr gezogen wurden. Bei den Prozessen, die anstanden, würde auch entschieden werden, welche Vermögenswerte man den Beschuldigten entziehen konnte.

Eines Abends fand Anna beim Zappen auf Arte *La Dolce Vita*. Sie dachte an die 25 Cent, die sie vor ein paar Monaten in den Trevi-Brunnen hatte werfen wollen. *25 Cent*, dachte sie lächelnd. *Keine Hochzeit mit einem Italiener. Aber ein neuer Name. Und ein neues Leben.*

NACHWORT

Liebe Leserin, lieber Leser,

das Ende eines Buches ist oft so, als ob einem einer die warme Decke wegzieht. Man möchte noch nicht aufstehen, möchte noch ein wenig verweilen in der Geschichte, und meine treuen Leserinnen und Leser wissen, das ist der Moment, in dem ich das Geheimnis lüfte: Wer oder was hat mich zu der Geschichte inspiriert, welcher reale Kriminalfall steckt dahinter?

Ich muss Sie enttäuschen, diesmal ist alles reine Fiktion. Ich brauchte einen Titel mit der Zahl 25. *Three Coins in the Fountain, zweimal zehn, einmal fünf Cent,* dachte ich mir, und vor meinem inneren Auge erschien der Trevi-Brunnen. Während meines Studiums stand ich öfter dort, als Reiseleiterin für Busreisen quer durch Europa. „Klassisches Italien" hieß mein Albtraum, bei dem regelmäßig meinen Touris die Handtaschen oder Geldbörsen geklaut wurden.

Denke ich an Italien, dann denke ich auch an Erna. Erna war eine Naturkatastrophe. Sie nahte bei hohem Schnee im offenen Jeep, Gummistiefel an den Füßen, bekleidet mit einem alten Lodenmantel, und statt eines Koffers ließ sie sich vom Portier einen

Pappkarton auf ihr Zimmer tragen. Das Personal des Hotels, in dem ich direkt nach dem Abitur Urlaub machte, lag Erna zu Füßen, und auch ich erlag schnell ihrem Charme. Sie hatte eine Stimme wie rostige Nägel, eine Lache, die alle ansteckte, und einen robusten Humor. Erna war die Schwägerin des sizilianischen Hotelbesitzers (dem auch ein Carrara-Marmor-Steinbruch gehörte!), ehemalige Simultandolmetscherin bei den Vereinten Nationen und mit einem italienischen Minister verheiratet. Sie hatte fünf Söhne, einer schnuckliger als der andere, die zusammen mit Mama des Öfteren die Wochenenden in dem Hotel verbrachten. Einen ihrer Söhne hatte sie aus der Kirche direkt vom Traualtar entführt, weil ihr das triumphierende Lächeln der Braut nicht gefallen hatte. Und mit just diesem Sohn, einem Arzt, der so bescheiden Englisch sprach, dass wir es vorzogen, uns auf Latein zu unterhalten, verkuppelte mich Erna. Ich war ihre Wunschschwiegertochter, sie sorgte dafür, dass ich in dem Hotel einen Job am Empfang bekam und ich blieb. Eine Weile.

Jahre später lernte ich Juliette kennen, die Tante meines französischen Exmanns. Ich weiß nicht, wer mich mehr beeindruckt hat, Tante Juliette, die es mit Mitte achtzig noch schaffte, uns mit Champagner unter den Tisch zu trinken, und deren Mund nicht eine Sekunde still blieb, oder ihr Apartment. Das Apartment, in dem alle Möbel, mit denen sie vorher ihr

Schloss an der Loire möbliert hatte, Platz fanden und das sich über die gesamte oberste Etage eines Neubaublocks erstreckte, ist Vorlage für Tante Chiaras römisches Domizil.

Tante Juliette hatte einen Sohn und zwei Schwiegertöchter. Als die Frau ihres Sohnes MS bekam, ließ er sich scheiden und heiratete seine Sekretärin, mit der er bereits jahrelang ein Verhältnis hatte. Das erboste seine Mutter – „man verlässt nicht eine kranke Frau" – , und sie sorgte dafür, dass die Exfrau nicht nur gut versorgt und gepflegt wurde, sondern weiterhin als Mitglied der Familie unter ihrem Schutz stand. Kein Familienfest, an dem nicht die „Sekretärin", wie Tante Juliette ihre neue Schwiegertochter selbst Jahre später nannte, neben der Exfrau im Rollstuhl sitzen musste.

Es waren also diese beiden außergewöhnlichen Frauen, die mich nachhaltig beeindruckt und zu diesem Roman inspiriert haben. Beide Frauen weilen schon lange nicht mehr unter den Lebenden. Ich habe sie von Herzen geliebt.

In der schönen Wohnung in dem Jugendstilhaus in der Mommsenstraße habe ich meine erste Firma geführt, eine Künstleragentur. Übrigens, das Restaurant *Lubitsch* in der Bleibtreustraße ist nach dem gleichnamigen Regisseur benannt.

Wenn Ihnen das Buch gefallen hat, würde ich mich über eine Rezension freuen. Im Voraus vielen lieben Dank für jedes einzelne Sternchen.

Wenn Sie mehr über mich erfahren wollen, dann besuchen Sie mich auf Facebook unter

www.facebook.com/NikaLubitsch

Wenn Sie mit meinem Newsletter über Neuerscheinungen und Preisaktionen informiert werden wollen, dann können Sie sich hier anmelden:

nikalubitsch.de/newsletteranmeldung

Ich freue mich auf ein Wiederlesen!

Herzlichst
Ihre *Nika Lubitsch*